도훈아, 학교가자!

도훈아, 학교가자!

발달장애 2급 우리 아이, 완전통합학급 입성까지

초판 1쇄 인쇄일 2020년 3월 26일
초판 1쇄 발행일 2020년 4월 2일

지은이 김윤정·김학인
그 림 신수경
펴낸이 양옥매
디자인 성다윤
교 정 조준경

펴낸곳 도서출판 책과나무
출판등록 제2012-000376
주소 서울특별시 마포구 방울내로 79 이노빌딩 302호
대표전화 02.372.1537 팩스 02.372.1538
이메일 booknamu2007@naver.com
홈페이지 www.booknamu.com
ISBN 979-11-5776-870-7(03810)

이 도서의 국립중앙도서관 출판시도서목록(CIP)은 서지정보유통지원 시스템
홈페이지(http://seoji.nl.go.kr)와 국가자료공동목록시스템
(http://www.nl.go.kr/kolisnet)에서 이용하실 수 있습니다.
(CIP제어번호 : CIP2020011895)

도훈아,
학교가자!

책나무

우리 도훈이와 함께한 지난 8년의 추억을 담았습니다. 도훈이가 자폐성 발달장애 진단을 받은 날 우리 부부는 서로를 측은하게 하염없이 바라보기만 하였습니다. '어떻게 이 세상을 살아가야할까? 도훈이는 도대체 앞으로 어떻게 키워야 하나?'라는 막막한고민과 걱정이 시작되었습니다. 우리 주변엔 알게 모르게 장애를갖고, 혹은 장애를 감춰 가며 살아가는 가정이 많이 있습니다. 장애라는 단어만으로도 사회적 편견에 부딪혀 그 모습에 뒷걸음치거나 때로는 과격한 표현으로 나타나는 모습도 있습니다.

우리 부부는 도훈이의 성장을 통해 '자폐성 발달장애 아이도 일반학급에서 완전통합으로 학교를 다닐 수 있다'는 것을 첫 번째목표로 두고 아이를 키웠습니다. 진단을 받은 4세부터 7세까지학교에 보내기 위해 착석, 간단한 의사표현에 집중하여 달렸습니다. 많은 걱정을 않고 초등학교에 입학시킨 후 많은 학부모님들과의 관계 형성을 통해 조금은 안도의 한숨이 나왔습니다. 도훈이가 장애진단으로 학교에 입학하여 부족한 부분이 많이 있지만,

다른 아이의 부모님들도 각자 아이들이 부족한 모습에 걱정하며 학급 아이들의 행동을 관찰하는 모습을 지켜보게 되었습니다. 제 눈에는 전혀 특이사항이 감지되지 않는 사소한 행동을 각자 부모님들은 걱정하며 살고 있다는 것에, 우리도 도훈이의 조금은 다른 행동에 너무 집착하여 살아가는 건 아닐까 스스로 반문하곤 했습니다.

'모두가 다 한 아름 아이의 초등학교 1학년 입학에 대한 걱정을 안고 살고 있구나…."

도훈이와 쌍둥이 여동생 도연이와 함께한 초등학교 입학기까지의 지난 세월을 돌이켜 보며 우리 부부는 도훈이의 성장 과정과 발전 정도를 체크하기 위한 우리 부부의 메모 습관이 책으로 만들어지게 되었습니다. '과연 우리와 같은 가정이 얼마나 많을까?'라는 의문에 세상에 출간되는 책으로서 가치가 있을지 걱정하였지만, 비단 자폐성 발달장애 아이를 키우는 가족뿐만 아니라 조금은 늦된 아이를 키우는 가정, 그리고 초등학교 입학을 앞둔 예비 초등학생 보호자님들이 참고할 만한 내용과 우리 가족의 일상들을 쉽게 정리하여 집필하였습니다.

우리 주변에 발달장애 아이들이 별도로 수업을 받는 발달센터들이 많이 생겨났습니다. 아마도 동네마다 힘들지 않게 '아동발달센터'라는 간판을 볼 수 있을 것입니다. 그런데, 발달장애 아이들이 어떻게 성장하고 가족은 아이를 어떻게 양육하고 보살피는지에 대한 내용의 매뉴얼이 부족한 게 사실입니다. 왜냐하면 자폐성 발달장애는 스펙트럼이라고 표현될 만큼 다르게 발현되기 때문입니다. 과거에 비해 장애 아동을 위한 시설들이 많이 늘어났지만, 여전히 장애 진단을 받은 가정은 마음이 급할 수밖에 없고, 답답할 수밖에 없는 현실입니다.

아이의 성장 과정을 비교하기 위한 메모가 책으로 집필되면서, 자폐성 발달장애 아이를 성장시킨 사례들과 내용을 다룬 책과 영화, 온라인 스토리들을 많이 참고하였습니다. 어릴 때 발달장애 진단을 받고 이미 성인이 된 아이의 성장 과정이나 국내 현실과는 조금 차이가 있는 일본, 미국 등 해외 사례의 에세이형 글들이 있습니다. 다른 가정과는 비교할 수 없지만, 우리 도훈이는 초등학교 입학을 목표로 차근히 준비했던 터라 우리 가정과 같이 초등학교란 큰 언덕을 오르기 위해 매진하는 미취학 아동 장애가족에 조금이나마 도움이 되는 글이 되고자 합니다.

우리 도훈이보다 훨씬 먼저 장애 진단 후 사회 속으로 잘 녹아들어 생활하는 아주 모범적인 사례들이 많이 있습니다. 그 모든 선행의 사례들을 잘 배워 도훈이도 하나씩 준비하여 씩씩한 초등학생이 되었습니다. 혹시 도훈이처럼 발달장애 진단을 받고 학교 진학에 매진하는 가족에게는 진심으로 조금이나마 참고가 되기를 기대하며, 단순히 아이의 능력만으로는 절대 불가능하다는 것을 전달 드립니다. 도훈이의 성장 과정을 지켜보며 '자폐성 발달장애' 아이들은 언어적·비언어적 표현의 미숙함으로 사회와의 소통을 원치 않는 것으로 비춰지는 것일 뿐, 어느 누구보다도 사회와 소통하고 관심과 사랑을 필요로 하는 것이라는 것을 느꼈습니다. 아프리카 속담에 "아이 한 명을 키우려면 마을 전체가 필요하다."는 말이 있습니다. 가족, 그리고 이웃이 한 번이라도 더 아이에게 관심을 가져 주시고 긍정적인 에너지로 함께해야 더 좋은 날이 올 것이라 생각합니다.

이 책을 통해 여러분의 가정에도 평온함이 더 깃들기를 기원하며, 오늘보다 내일이 더 행복한 하루를 기대하며 글을 시작합니다.

2020년 3월

로이또이네 엄마 아빠

목차

PART 2

현실과 맞이하다; 자폐? 그게 뭔데?

PART 3

실낱같은 가능성을 만들어 가는 우리

PART 6

마라톤을 달리는 가족

엄마의 꿈, 아빠의 희망

대한민국이 많이 좋아지고 있다. 복지에 대한 정부의 관심도 늘어나고 장애에 대한 인식도 점점 좋아지고 있다. 그러나 여전히 현실은 벽에 부딪혀 허공에 허덕이는 느낌이다. 우리 도훈이가 자폐성 발달장애 2급 진단을 받았던 그날을 기억해 본다. 앞으로 어떻게 세상을 살아야 할지? 나도 세상을 아직 모르는데, 나보다 더 모르는 우리 아이는 이 세상을 어떻게 살아갈까? 우리의 삶과 맞바꿔서라도 우리 아이가 온전하게 돌아올 수 있다면, 나는 무엇이든 택해야 하지 않나 고민했던 그 기억….

그리고 4년이 지난 지금. 행복하지만 여전히 긴장의 끈을 놓지 못하는 마음으로 세상을 살아가는 한 가정의 모습과 지난 추억들을 기억하여 기록해 본다. 우리 아들의 장애는 우리 가족에게 두려움의 존재였지만, 지금은 세상을 살아가는 모든 난관을 극복해 내는 큰 힘이 되어 주고 있다. 도훈이의 장애 진단은 넓은 세상을 살아가는 과정 속에서 만난 난관 중에 하나일 뿐이다. 우리 가정의 고민의 흔적을 사랑하는 가족, 그리고 나와 내 남편을 응원해 주는 주변 모든 분들에 대한 감사의 인사로 글을 시작하고자 한다.

과연 이 글은 누구를 위해 쓰는 것일까?

우리 가족과 같은 발달장애 또는 장애아동을 키우는 동병상련의 가족들을 위해?

부모가 노력한 모습을 훗날 아이들에게 보여 주고자?

부모의 노력의 흔적?

장애 아이를 키우는 우리 부부를 위한 위안?

우리를 늘 믿어 주시고 사랑하시는 부모님들을 위해?

다 아닐 수도 있지만, 다 맞을 수도 있을 것 같다. 분명한 건 지난 8년간 쌍둥이와 함께 살아온 흔적들이 누군가에게 조금이나마 도움이 될 수 있을 것 같다는 생각에 조심스레 글을 이어 간다. 우리 부부는 도훈이와 쌍둥이 여동생 도연이가 태어난 2012년부터 일기와 메모를 교차하며 기록해 왔다. 특히, 도훈이가 발달장애 진단을 받은 시점을 기점으로 메모의 양이 늘어났다. 이상 징후를 감지한 이후, 아들이 더 좋아지길 바라는 마음에 어제는, 또는 일주일 전에는, 또는 한 달 전에는 어땠는지 비교하고자 했던 게 자연스레 이렇게 한 권의 책으로 이어졌다.

이 책을 읽는 독자분이 혹시 발달장애 아이의 보호자님이시라면 이 책에서 정답이나 해결책을 찾고자 하실 수도 있겠지만, 단

언컨대 정답은 없다고 말씀드리고 싶다. 장애 아이를 키우는 가족은 늘 불안한 마음에 무거운 어깨를 짊어지고, 누가 뭐라 하지 않았는데 늘 가슴을 졸이며 산다. 해결책은 이겨 내는 것, 즉 처해진 상황을 어떻게 이겨 내고 극복하는가의 싸움이라 생각한다. 우리 또한 많은 과정 속에서 우연인 듯 필연인 듯 만난 가족들과 사람들의 말 한마디를 소중히 새기며 넘어져도 다시 일어나려고 노력한 기억들을 되짚어 본다. 관점에 따라 출발점은 분명히 다르지만, 어린이집·유치원·초등학교라는 과정은 모든 어린이들이 거치는 과정이다. 혹여나 도훈이의 성장 과정을 비교해 보면서 위안을 삼으셔도 되고 경우에 따라선 기준을 삼아 노력하는 것도 하나의 방법이라 생각한다.

이 책은 의학적인 용어나 치료실, 교육 현장에서 사용되는 전문적인 용어를 가급적 배제하여 누구나 쉽게 읽을 수 있는 글이 되고자 했다. 수년간 아이를 키우면서 유아교육을 전공한 교사의 입장이 아닌 아이의 엄마, 아빠 입장에서 지난 8년의 추억들을 정리하고자 하였다. 도훈이의 치료를 위해 병원과 발달센터 등 많은 곳을 다녔고, 지금도 치료를 위해 시간을 함께하고 있지만 글쓴이가 의학적 전문가가 아닌지라 그저 일상에서 사용하는 평범한 표현들로 내용을 이어 가고자 한다.

우리 아이의 초등학교 입학 전까지의 좌충우돌 일상이 늘 전쟁 같았으며, 한때는 지옥과 같았던 시기도 분명히 있었다. 아무리 아름답게 그 시절의 상황을 묘사하고 싶어도, 그렇게는 못 할 수밖에 없다는 건 분명한 사실이다. 이 책은 오로지 발달장애 진단을 받은 우리 도훈이의 초등학교 입학 과정에 대한 내용만 담은 건 아니다. 다시 한 번 발달장애 아동 양육의 지침서가 아님을 강조하며, 초등학교 1학년 아이 2명을 키우는 대한민국의 가정의 소소한 모습을 담은 것이다. 장애로 인한 좌충우돌 삶 속에 초등학교에 겨우 안착하고자 노력하지만, 이제 초등학교란 곳에서의 시작일 뿐, 새로운 도전은 지금부터가 시작이라 생각한다.

우리 집 아침은 오늘도 시끌벅적 학교에 가기 위한 소란으로 시작된다. 우리 시어머님은 아침 일찍부터 가족 모두를 깨우고 아침 식사를 챙겨 주시느라 분주하시다. 무거운 눈꺼풀이 떠진 나는 남편의 엉덩이를 찰싹 때리며 아침을 알린다. 그리고 아이들과의 행복한 하루를 시작한다.

"먼저, 공주님 도연 씨 일어나시고~"
"귀염둥이 왕자님, 김도훈 어린이! 일어나시오~"
"도연아, 학교 가자!"
"그리고 도훈아! 학교 가자!"

우리 가족을 소개합니다

★ 우리 집 첫째 김도훈 (태명: 로이)

2012년 9월생으로 쌍둥이 중 1분 오빠로서 이 책의 주인공이다. 반짝이는 눈망울과 특유의 눈웃음을 여기저기 뿌려 대며 주변 사람들을 즐겁게 해 주는 엔도르핀 메이커. 발달장애 진단으로 온 가족을 들었다 놨다 했다. 그러나 지금은 가족들이 모두 사랑할 수밖에 없는 우리 집 장남이다. 현재 서울 연은 초등학교 1학년에 완전통합으로 재학 중이며, 엘리베이터를 사랑하는 나머지 장래희망이 엘리베이터 기술자가 되는 것이다. 그리고 학교 1학년 중에서 두발자전거를 가장 잘 타는 아이로 성장한 좌충우돌 천진난만 캐릭터의 소유자이다.

★ 우리 집 둘째 김도연 (태명: 또이)

김도훈의 쌍둥이 1분 동생이자 새콤달콤한 매력을 지닌 호기심 소녀이다. 의학적으로 분명히 도훈이보다 누나였을 수도 있지만, 분만 의사 선생님의 간택을 통해 세상 빛을 1분 늦게 보았기에 동생으로 살아야 하는 우리 집 현재형 막둥이다. 발달장애 오빠에 대한 온 가족의 관심에 시샘을 하지만, 정작 본인도 오빠를 챙겨 주고 이끌어 주는 김도훈의 소울 메이트로서 평소엔 친구처럼 때로는 누나처럼 도훈이를 살피는, 아이돌과 유튜브 크레이터, 유치원 발레 선생님이 꿈인 착한 여동생이다.

★ 엄마 김윤정

대학에서 유아교육학과를 졸업하고 15년간 유치원 교사로서 밤낮을 가리지 않고 열정적으로 근무하였다. 인공수정을 통해 이란성 쌍둥이 남매를 출산하고, 유치원 현장에서의 경험을 바탕으로 쌍둥이들을 키우고 있다. 도훈이와 비장애 쌍둥이 여동생 도연이의 초등학교 입학으로 아이들 뒷바라지에 여념이 없다. 유아교육 현장을 잠시 떠나 현재는 이화여대 교육대학원에서 상담심리를 공부하며 아이들의 성장 과정을 만끽하고 있다. 일반교육과 특수교육의 사이를 극복하고자 노력하는 공부하는 엄마로서, 온갖 공부는 다하며 새로운 배움의 행복에 여념이 없다. 일만 하다가 처음으로 전업주부로서 삶을 살고 있는 열혈 1년차 초딩 엄마이다.

★ 아빠 김학인

대학에서 체육 관련 전공 후 현재는 축구 단체에서 근무하고 있다. 스스로를 '축구한량'이라고 표현하며 좋아하는 축구를 보면서 돈 버는 직업을 가진 행운아다. 아들의 발달장애 진단으로 잠시 정신줄을 놓았으나, 곧 정신을 차리고 아이와 관련한 자발적 학습을 통해 참된 인간형으로 거듭나고 있다. 작고하신 아버님이 지어 주신 이름 학인(學仁)이란 이름처럼 어짊을 배우며 평생을 살고자 노력하나, 잘 되지 않아서 고민하는 예민한 아빠이다. 경희대 스포츠산업경영 박사 과정을 수료하였으며, 돈도 벌고, 공부하느라 인생이 늘 바쁘다. 쌍둥이들이 평생 뛰어놀 수 있는 스포츠 놀이터를 만들어 주는 것을 지상 최대의 목표로, 아내의 말을 어명처럼 떠받들고 사는 쌍둥이 로이 또이네 가장이다.

★ 할머니 신복남 여사님

 세상에서 도훈이를 가장 사랑해 주는 천사와 같은 할머니. 늘 도훈이와 우리 가정의 행복과 건강을 위해 기도해 주신다. 도훈이가 발달장애 진단을 받았을 때, 방황하는 우리 부부를 일깨워 주시고 사람답게 살 수 있게 바로잡아 주신 우리 집안의 정신적 지주이시다. 온 가족의 건강한 식단을 위해 오늘도 무엇을 해 줄지 고민하시며, 지난 8년간 쌍둥이들과 쌍둥이 엄마, 아빠까지 뒷바라지해 주신 도훈이 친할머니이시다. 아들이고 며느리이고 손주들이고 학업에 정진하겠다고 하면 물심양면으로 도와주신다. 틈이 날 때마다 전국팔도를 누비며 여행 다니는 것을 행복으로 여기시는, 존경하고 사랑하는 우리 어머님이시다.

PART 1

맑음 그리고 먹구름

2012년 9월, 로이 또이 쌍둥이 남매를 만났다. 그런데 두 아이 모두 노로 바이러스에 감염되어 종합병원 신생아 중환자실로 이송되었다. 10일 만에 퇴원해 무사히 집으로 돌아왔고, 다시는 아이들이 아프지 않게 해 달라고 간절히 기도하였지만, 어찌 희망처럼 되겠는가? 이것은 빙산의 일각이었을 뿐… 우리 부부에게는 더 막대한 세상이 기다리고 있었다.

로이 또이의 탄생

2009년 2월 결혼을 한 우리 부부는 단출한 신혼집을 꾸려 나름 행복하게 잘 지냈다. 맞벌이를 했던 우리 부부는 결혼한 지 3년이 되도록 임신이 잘 되지 않아 가까운 산부인과를 찾아 검사를 받았다. 서른에 결혼한 젊은 부부가 난임이란 판정을 받고 좌절하던 중 국가 지원사업을 통해 인공수정을 시도하게 되었다. 의학적 평균 25%의 확률이라고 알고 있던 인공수정 시술을 통해 우리 부부는 한 방에 쌍둥이를 갖게 되었다.

그리고 2012년 9월, 로이 또이 쌍둥이 남매를 만났다. 로이 또이는 우리 쌍둥이들의 태명이고, 1타 2피로 남녀 쌍둥이를 갖게 되었으니 로또와 같은 대박이라 하여 우리 부부는 '로이 또이'라 태명을 지었다. 남편이 태몽을 꿨고, 꿈속에서 이미 성별까지 정확히 예지하였다. 남편이 말해 준 꿈이 지금도 너무도 생생하게 기억난다.

남편은 축구단체에 근무하고 있다. 십수 년이 넘게 근무했으니 어엿한 중고참의 직장인이 되었다. 달리 말하면 중년이 되고 있다는 슬픈 이야기일 수도 있다. 잠시 로이 또이의 태몽을 말하자면, 꿈에서 남편이 친구들과 축구를 보러 갔고, 경기장에서 선수들이 팬서비스 차원으로 차 준 축구공을 받았단다. 그런데 신기하게도 운이 좋게 두 개의 공을 받았다는 것이다. 그 두 개의 공이 우리 쌍둥이 남매였던 것이었다.

평소엔 거들떠보지도 않는 축구공을 꿈속에선 악착같이 기를 쓰고 쟁취했고, 받고 보니 하나는 파란 축구공, 하나는 알록달록한 여자 농구공이었다. 꿈속에서 친구가 달라고 했지만 절대 줄 수 없다고 하였고, 그 꿈을 꾼 3일 후에 병원서 쌍둥이라며 축하 인사를 받게 되었다. 분명히 축구공을 차 준 것이 어떻게 품에 와서는 여자 선수들이 사용하는 알록달록한 농구공으로 변한 것인지 너무도 신기했던 꿈은, 병원서 초음파 검사를 통해 남녀 쌍둥이임을 확인하면서 성별까지 예지한 태몽이었음을 알게 되었다.

우리 부부는 둘 다 큰 체구가 아니다. 전형적인 소음인 체질의 스트레스를 많이 받는 예민한 스타일이다. 그런데 신기하게도 나는 임신 기간 동안 입덧도 하지 않고 아픈 곳도 없이 무난히 지냈다. 유치원에서도 배가 남산만 해질 때까지 근무를 했다. 출산 17일 전까지 근무하느라 주변 사람들이 불안한 눈으로 바라봤지만,

많은 배려를 받으며 배 속의 두 아이와 씩씩하게 지냈다. 몸은 힘들었지만, 배 속에 두 아이가 들어 있다는 신기함으로 하루하루를 이겨 냈다.

쌍둥이는 자연분만이 쉽지 않다. 그 이유는 아이들의 머리가 엄마의 자궁 방향으로 내려와야 자연분만을 통해 아이를 보다 쉽게 낳을 수 있지만, 내 경우에는 각각 다른 위치로 방향을 잡고 있었기 때문이다. 아들 도훈이는 엄마 자궁 방향으로 머리가 있었고, 딸 도연이는 자궁 방향으로 발이 내려져 있었다. 병원에선 작은 내 배 속에서 서로 혼숙을 해야 하니 어쩔 수 없이 자기네들끼리 공간을 확보한 것이라 했다. 쌍둥이가 아니라면 엄마의 배 속에서 뱅글뱅글 돌면서 자리를 잡는 것이 일반적인데, 쌍둥이라 움직일 수 있는 공간이 적었기에 각각 다른 위치로 방향을 잡고 있었고, 나는 어쩔 수 없이 제왕절개를 선택하였다.

병원에선 희망하는 출산일을 선택할 수 있게 해 주었다. 그래서 어린 시절 향교에 다녔던 남편의 글공부 선생님을 찾아가자 하였다. 지리산 청학동 출신이신 선생님은 지금은 종로에서 철학관과 서예학당을 운영하신다. 우리 부부는 선생님을 찾아가 출산일과 아이들의 작명을 부탁드렸다. 시댁 식구 아이들의 작명을 도맡아 주신 선생님은 우리 집안을 대략 꿰뚫고 계셨다.

그러던 중 재밌는 궁합에 대해 알게 되었다. 만삭의 몸을 이끌고 간 나를 보자마자 선생님은 인자하게 우리를 맞이해 주었다.

오랜만에 인사드린 선생님께서는 꼬맹이 시절의 남편의 모습과 지금을 견주어 보시며 여전히 귀여워해 주셨다. 그러시며 우리의 사주 궁합을 보시더니, 한참을 바라보시더니 한 말씀 하셨다.

"너희 어떻게 애 가졌니?"

결혼 후 애가 안 생겨서 병원서 난임 부부로 판정받아 인공수정으로 쌍둥이를 갖게 되었다고 말씀드렸더니,

"너희 둘 사주에 애가 없다. 옛날 같았으면 애기는 못 낳는 궁합이야. 의학이 발전하여 가능한 거고, 만약 임신 전에 왔으면 당장 병원 가서 인공수정이나 시험관 시술을 해 보라 추천했을 거야."

라고 말씀하시는 게 아닌가. 그러시면서 나이 먹으면 분명 내 덕에 남편과 가정이 모두 잘 살 것이니 싸우지 말고 잘 살라며 복비도 안 받으시고 우리 부부를 격려해 주셨다. 솔직히 결혼 후 둘이 최선을 다해 틈만 나면 밤낮을 가리지 않고 사랑을 나누었다. 여전히 사랑하는 우리 부부에게 셋째 소식이 없는 거 보면, 우린 결국 병원의 신세와 의학적 기술을 전수받아 로이 또이의 동생을 만나러 가야 하는 게 아니냐 하고 농담 반 진담 반 대화를 한다. 우리의 셋째는 언젠간 꼭 만나자고 서로를 응원하며, 오늘도 진한 사랑을 준비한다. ♡

2012년 9월의 어느 날, 쌍둥이들을 만나는 날의 아침이 밝았다. 일찌감치 애들 출산일을 받아 놓은 우리 부부는 D-day를 카

운트하며 쌍둥이를 맞이할 준비를 했다. 그리고 당일 아침 한 치의 오차 없이 추천해 주신 시간대에 분만실로 입장하여 30분 만에 쌍둥이들을 낳았다. 1분 오빠 로이 도훈이, 1분 여동생 또이 도연이를 만난 남편은 솔직히 실망했다고 했다. 난생 처음 본 신생아였고, 남편이 상상한 아이들의 모습과는 달라서 말은 못 하고 끙끙 앓았다 한다. 다수의 아빠들이 첫 탯줄을 자르고 나온 자녀를 본 첫 모습에 대해 표현하지 못하는 마음속 이야기라며 기혼 남자들과는 비슷한 대화를 했다는데, 엄마로서는 잘 이해가 안 가는 부분이기도 하다. 솔직히 로이 또이를 처음 봤을 때 낯선 느낌도 분명히 있었으나 천사 같은 모습에 말로 표현할 수 없는 행복함을 온몸으로 느꼈기 때문이다.

우리 쌍둥이들은 2.48㎏, 2.38㎏의 저체중으로 미숙아로 태어났다. 작은 체구의 부모의 씨를 받은 쌍둥이들은 다른 신생아들보다 현저히 작았다. 얼마나 아이들한테 미안하던지, 3.8㎏로 태어난 옆집 아이의 우량함이 너무도 부러웠다.

그러던 중 두 아이 모두 노로 바이러스에 감염되어 종합병원 신생아 중환자실로 이송되었다. 분만한 병원에서 바이러스에 감염되었다는 것을 짐작할 수 있었으나 사실 병원에 그 책임을 묻지도 못할 만큼 경황이 없었으며 건강하게 태어난 것만이라도 감사해, 일을 크게 만드는 것이 행여나 우리 아가들에게 해가 될까 조용히 아이들이 더 나빠짐 없이 빨리 회복되기만을 기다렸다. 태어나자

마자 아이들에게 젖도 제대로 물리지 못했는데 이런 날벼락이….

　두 아이 중에 도연이가 먼저 종합병원으로 후송되고, 이틀 후 도훈이도 종합병원 신생아 중환자실로 입원하게 되었다. 인큐베이터 속 수액을 꽂은 아이들을 볼 때마다 엉엉 울었던 기억뿐이다. 남들은 출산 후 산후조리원에서 충분히 휴식을 취하며 다른 엄마들하고 수다도 떤다는데, 나에게 당시 기억은 신생아 중환자실에서 하루에 한 번 애들을 만나고 혼자 병원 독방에서 남편이 퇴근하기를 기다렸던 것만 남아 있다. 신생아 중환자실 인큐베이터 속 아이가 왜 하필 우리 애들인가! 신생아 중환자실 벽면에 붙어 있던 퇴원한 다른 아이들의 성장 사진들을 보면서, 우리도 꼭 이렇게 건강히 퇴원하자는 다짐을 했다.

　결혼 3년차에 우리 부부에게 아이를 통해 서로를 격려하고 사랑으로 마음을 잡아 준 계기였다. 젊은 두 남녀가 서로만 생각하던 시기를 지나, 이제는 누군가의 보호자로서 나보다 더 약한 누군가를 위해 간절히 기도하던 모습으로 서로에게 사랑을 심어 주었다. 다행히 그 간절함이 통하여 우리 아이들은 10일 만에 퇴원을 하게 되어 무사히 집으로 돌아왔고, 다시는 아이들이 아프지 않게 해 달라고 간절히 기도하고 기도하였지만, 그게 어찌 희망처럼 되겠는가? 이것은 빙산의 일각이었을 뿐… 우리 부부에게는 더 막대한 세상이 기다리고 있었다.

쌍둥이 남매와의 육아전쟁

'띵동… 띵동….'

아침 7시 반 어김없이 우리 집에 초인종이 울린다. 쌍둥이 두 명을 양육하기 위해 온 집안 식구들이 총동원하여 우리 집으로 집합한 것이다. 나에게 주어진 100일의 출산휴가가 어떻게 지나갔는지 기억도 없다. 출산휴가가 끝난 후 나는 출근을 결심하였고, 밤낮으로 아이를 교차하며 아이들을 돌봤다. 친정엄마는 물론 시어머니와 참 좋으신 육아도우미 이모님을 만나 쌍둥이 2명에 우리 부부를 포함한 양육자 5명이 로테이션으로 아이들을 돌봤다.

시어머님과 육아 이모님이 나의 산업전선 복귀를 도와주셨고, 다시 우리는 전투력 200%로 장착한 대한민국의 맞벌이 부부로 돌아가게 되었다. 제아무리 젊고 유능한 부부라도 첫 육아는 모두에게 어렵다. 우리 부부에게 가장 힘들었던 것은 체력적인 부분이었다. 물론 너무도 감사히 시어머님와 친정어머니께서 아이들을 봐주셨기에 지금의 도훈이와 도연이, 그리고 우리 가족이 행복하게 살고 있지만 돌잔치 이전까지 남편과 육아전쟁터 속에서 총과 칼을 서로에게 겨누고 많이 싸우기도 했다.

쌍둥이들 돌잔치 전까지는 특이사항을 기록한 메모가 없다. 돌이전까진 장애를 의심하지 못했기 때문이다. 많은 치료를 다니면서 만나 본 다른 발달장애 친구들의 부모님들과도 대화를 나눠 보면 비슷한 이야기를 한다. 그만큼 조기치료에 대한 타이밍을 잡기 힘들다는 것이다.

도훈이의 경우엔 쌍둥이 도연이가 있었기에 신체 활동에 있어서는 1~2개월 정도의 차이가 느껴졌다. 도연이가 뒤집기도 먼저 시작했고, 기어 다니기, 잡고 일어서기, 걷기까지 돌잔치를 하던 기점을 기준으로 모습들을 되짚어 봤다. 쌍둥이 모습을 간직하고 싶어 찍어 놓은 동영상을 보면 도훈이는 늘 양보하는 오빠의 모습이고, 도연이는 오빠 것을 모두 쟁취하는 악동이었다.

내가 어릴 적 성장이 늦었다고 어릴 때부터 뒤뚱이란 별명을 듣고 성장했기에 도훈이의 늦음은 엄마 쪽 유전이라고 생각했다. 그때는 우리 아이가 장애가 있을 거라고는 상상하지 못했던, 그저 쌍둥이들 육아전쟁에 늘 지친 병사들이었다.

어른이란 무게,
우리 어깨엔 곰 두 마리

아이들이 태어나기 전부터 남편은 심한 위장병에 시달리고 있었다. 워낙 예민한 체질인 데다 지금은 고인이 되신 시아버님의 위암 투병이 남편을 힘들게 한 탓이다. 항상 건강함을 보여 주셨던 시아버님의 위암 선고와 3년간의 투병 생활은 집안의 분위기를 송두리째 바꾸어 놓았다. 아버님은 투병 끝에 쌍둥이들이 태어난 지 50일 되던 날 하늘나라로 이별을 하셨다.

임신 기간 동안 아버님 병문안을 자주 갔던 우리는 늘 아버님의 말씀에 의지했다. 아버님은 갈 때마다 늘 말씀하셨다.

"아가야, 걱정하지 마라! 쌍둥이 태어나면 내가 다 키워 줄 테니! 힘들어도 참고 조금만 기다려라."

그렇게 우리 부부에게 용기를 주셨던 시아버님과의 이별은 우리 가족에겐 큰 슬픔이었다. 쌍둥이들이 태어나고 병원으로 데려가 아이들을 보여 드리려 했다. 그러나 시아버님은 몇 번을 거부하시며 본인이 직접 집으로 돌아가 아이들을 안아 주시겠다며 우리 쌍둥이들은 사진과 영상으로만 보시곤 하셨다.

'왜 쌍둥이들을 안 보시겠다고 하신 걸까?

'투병 중인 할아버지의 모습을 보여 주기 싫으셨던 걸까?'

'아이들에게 안 좋은 기운을 줄까 봐 그러셨던 것일까?'

병원에서 힘든 투병만 하시고 그 어떤 말씀도 남기지 않으신 채 하늘나라로 떠나셨다. 왜 그토록 기다리셨던 쌍둥이들을 안 보셨는지 아직도 가족들 간에 종종 이야기를 나누곤 한다. 시아버님과의 이별로 남편은 불안 증세를 보이며 우울증과 복합하여 위장병을 달고 살았다. 그래서 정신과 상담치료도 받았다. 홀로 남으신 시어머님과 쌍둥이들이 우리 부부의 비좁은 두 어깨로 올라온 느낌이었다.

남편이 막내이지만 가장 가까이에서 살고 있고, 쌍둥이들도 봐 주시고 있으셨기에 자연스럽게 시어머님 집으로 합가를 결정하였다. 어머님도 아버님의 빈자리를 우리 네 명을 돌봐 주시면서 의지하셨고, 지금까지도 어머님을 모시고 함께 살고 있다. 어머님도 아이들이 유치원 가던 해, 이런 말씀을 해 주셨다.

"쌍둥이 할아버지 하늘나라로 먼저 보내고 우울증이 와서 엄청 힘들었는데, 쌍둥이들 덕분에 이겨 냈다. 아이들 웃음소리가 집 안에 있으니, 이게 세상에서 가장 좋은 보약인 거다."

쌍둥이들 중에 누가 더 예쁘신지 여쭤보면, 늘 둘 다 예쁘다고 하신다. 그런네, 외출하시고 돌아오실 때는 도훈이 간식 2개, 도연이 간식은 1개를 사서 들어오신다. 우리 부부야 누구를 더 예뻐해 주시든 모두 감사하지만, 아직 어르신들의 남아선호사상은 쉽게 지워지지 않는 영구불변의 법칙인 것 같다.

그래도 어머님! 전 너무 감사해요~^^

우리 부부는 시아버지께서 돌아가신 후 보다 어른이 된 것 같다. 서로가 처음으로 죽음에 대해 진지하게 생각하게 된 시간이었다. 특히 남편은 보다 철학적인 사고를 갖고 세상을 살게 되었다 한다. 시아버님이 많은 재산을 남기고 가신 건 아니지만, 남편은 검소하게 생활하셨던 본인의 아버지처럼 살지 않겠다 다짐하였다. '매일같이 구두쇠 같던 내 남편이 갑자기 왜 그러지?' 하고 의아했다. 그러더니, 생을 마감하는 언젠가 갖고 있는 걸 다 쓰고 죽겠다는 말을 밥 먹듯 하고 다니는 게 아닌가?

솔직히 우리 남편이 돈을 펑펑 쓰는 사치형 인간은 아니다. 남한테는 베풀고 본인한테는 인색한 쫌생이 스타일인데, 난 본인을 위해서도 치장도 하고 좋은 것도 사 먹는 쌍둥이 아빠가 되었으면 한다. 그런데 본인은 이야기한다. "태생이 거지 껄뱅이 스타일이라 그걸 지우기 힘들어. 아무리 쓰려 해도 잘 못 쓰니 언젠가 죽기 전에 한 방에 날릴 거야."라고….

자연스레 자식들에게 자산을 물려주는 게 일반적이지만, 재단이든 뭐든 공익적이고 좋은 일에 얼마일지 모를 자기 자산을 모두 쓰고 싶다는 꿈을 갖고 있는 착한(?) 마음씨를 가진 남편이다.

To. 사랑하는 학인 씨

사람은 자기 이름처럼 세상을 살아간다는 신념을 갖은 내 남편아….

아버님이 지어 주신 학인(學仁)이란 이름,

어질고 자애로움을 배우며 사는 여보님!

당신의 마음과 생각은 너무 존중합니다. 그 마음을 헤아리는 데

시간이 걸렸지만, 이젠 충분히 이해하고자 합니다.

다만, 매일 잘 먹고 잘 쓰고 잘 즐기세요.

남들 선물은 브랜드 사 주고 우리 애들은 싸구려 사 주지 마시고요.

시간 없다는 핑계로 삼각 김밥으로 끼니 때우지 마시고요.

그리고 부모 공경의 효심이 너무 넘치는 거 아니세요?

혹시 대출받아서 양가 부모님 용돈 드리는 거 아니죠?

이러다가 애들 키우고 서로 공부하고 과연 남는 게 있긴 할까요?

똑똑하시니 제발 잘하자고요~ 사랑해요, 학인 씨.

그래도 난 당신뿐이에요♡

그리고, 언제든 셋째 넷째 그 이상도 환영하니, 사랑하고 사랑해요.

그래서 오늘도 서로를 위해 건강하고 사랑합시다^^

비교대상과의 차이,
여보! 좀 이상하지 않아?

　도훈이가 도연이랑 조금씩 차이가 나기 시작한 건 18개월이 되었을 무렵이다. 여전히 느릿느릿한 아들이었고, 특히 나의 부모님들은 하는 행동이 어릴 적 나를 똑 닮았다고 우직한 도훈이를 더 예뻐해 주셨다. 그런데 남편은 좀 이상하다고 흘러가는 말로 툭툭 내뱉곤 했다.

　눈치가 빠른 우리 남편은 남들과 다른 촉을 갖고 있다. 물론 체육을 전공했기에 아이들의 신체 활동에 더 관심을 갖고 있었지만, 도훈이의 느림과 눈 마주침, 누워 놀기에 시간이 늘어나는 아이를 유심히 지켜보고 있었던 것이다. 하지만 그때마다 나는 내 어릴 적을 이야기하며 엄마를 닮아 느리게 성장하는 거라며 대수롭지 않게 넘기곤 했다. 더불어 유치원 교사로서 5살 아이들을 전담하여 아이들을 가르쳤던 경험을 토대로 성장이 느린 친구들의 사례를 이야기해 주곤 했다. 지금 생각해 보면 어느 정도 불안한 예감을 느끼고 있었으나 제발 그냥 느린 것이길 바라는 부모로서의 바람이었던 것 같다.

쌍둥이들을 18개월 때부터 어린이집을 보내기 시작했다. 맞벌이였던 우리는 아침에 아이들을 1번으로 어린이집에 등원시키고 가장 마지막에 하원시키는, 어린이집 관점에서의 그야말로 진상 부모였다. 지금 생각하면 너무 죄송스럽지만, 원장님 이하 많은 선생님들께서 쌍둥이 육아에 지친 우리 상황을 이해해 주시고 많은 배려를 해 주셨다. 가양 어린이집 선생님들, 모두 너무 감사했습니다.

도훈이의 다름은 어린이집에서의 단체 생활에서 드러났다. 단순히 집에서 쌍둥이 여동생과의 비교가 아닌 많은 어린이집 친구들과의 비교에서 차이가 난다는 걸 선생님들도, 우리도 조금씩 인지하게 된 것이다. 집착하는 사물도 생기기 시작하였다. 본인이 좋아하는 장난감, 과자 등을 대하는 태도에서 비장애 어린이들과는 달리 광기의 눈빛과 행동이 튀어나온 것이다. 단순 떼를 부리는 수준을 넘어서는 행동이었다.

생후 24개월이 지난 후부터는 더욱 도드라졌다. 그중 하나가 엘리베이터였다. 어린이집 등원을 위해선 오전 일찍 쌍둥이들을 둘러메고 가는 일이 태반이었다. 차로 이동할 때도 있었지만, 하원을 위해서 쌍둥이 유모차로 애들을 싣고 가는 경우도 많았다.

이때 지하철역이 있는 사거리를 건너야만 어린이집에 갈 수 있는데, 어느 순간부터 엘리베이터를 쉽게 지나치질 못했다. 어릴 때는 힘으로 아이를 제압하여 어린이집에 등원시켰지만 점점 커질수록 떼가 심해져서 길거리에서 대립각을 세운 적도 한두 번이 아니다.

도훈이가 다닌 어린이집은 일반 어린이집이었다. 특수교사가 배치되어 있지 않았지만 원장님께서 특수학급을 지도한 이력이 있으셔서 도훈이의 다름을 우리에게 상세히 전달해 주셨다. 장애를 갖고 있는 친구들의 통합교육에 대한 중요성은 선진 유럽국가에서도 늘 강조되고 있고, 나는 그 방법이 가장 우선적으로 시도되어야 한다고 배웠고 가르쳤고 실행했다.

그래서 여전히 도훈이도 어린이집부터 학교에 이르기까지 국가가 정한 범위 속 통합교육을 받으며 비장애 친구들과 함께 생활하고 있다. 장애를 갖고 있는 친구들이 비장애 친구들을 모방하며 직간접적으로 사회적 학습을 할 수 있고, 비장애 친구들에게는 어릴 때부터 장애를 갖고 있는 친구들을 도와주고 배려하는 형평에 대한 교육이 자연스럽게 진행되기에 통합교육은 장애·비장애 친구들 모두에게 필요하다.

도훈이가 4살 가을 어느 날의 일이다. 어린이집으로 하원을 하러 갔다가 종일반에서 노는 도훈이를 창문 너머로 지켜봤다. 종일반 친구들과 섞여 완벽히 놀지는 못하는 모습이었지만, 친구들이 노는 모습을 한참 동안 물끄러미 지켜보더니 친구들이 다른 놀이 영역으로 자리를 옮기니 자기 혼자 그 놀이를 모방하는 모습을 보게 되었다. 당시에는 센터와 병원들의 치료수업도 함께하던 시기였기에 그 모습을 보고 통합교육, 모방학습에 대해 자신을 갖게 되었다. 이러한 모방학습이 처음에는 차이가 있었지만, 반복과 선생님들의 지도를 통해 그 간격을 좁힐 수 있음을 확인했다.

당시, 나도 5살 반을 맡아 아이들을 가르쳤다. 우리 반에서도 진단은 받진 않았지만, 경계성 아이들이 또래 아이들과 어울리며 발전하는 모습을 지켜봤다. 아이들을 가르칠 때면, 눈에선 도훈이가 아른거렸다. 내 자식과 남을 가르치는 게 같을 순 없지만, 모두 내 아이를 키운다는 마음으로 아이들과 생활하며 마음을 다잡았던 기억이 난다.

내 아들의 눈빛이 살벌하다

지금 8살이 된 도훈이가 가장 좋아하는 것은 아빠도 엄마도 할머니도 아닌 엘리베이터다. 아무리 좋아하는 음식이나 사물, 사람을 비교해도 엘리베이터보다 좋은 건 없단다. 학교 등교 전 도훈이에게도 물어보는 질문이 있다.

"도훈 씨, 엄마가 좋아 엘리베이터가 좋아?"

"엘리베이터."

아이들은 질문 시 뒤에 나오는 단어를 따라 하기도 하기에, 슬쩍 순서를 바꾸어 물어본다.

"아들, 엘리베이터가 좋아 엄마가 좋아?"

"엘리베이터요, 나는 보이는 엘리베이터가 좋아요."

하고 8살 된 지금은 행복한 표정으로 대답한다. 남편은 집 안에 미니 엘리베이터를 만들어 줄까를 수십 번 고민했을 정도이다.

30개월 때부터 더욱 심해진 엘리베이터에 대한 집착은 우리 가족의 생활 동선을 옥죄게 하였다. 아파트 12층에 살았던 우리는 엘리베이터가 있는 건물을 지나는 게 너무도 무서웠다. 도훈이는 지하철역 투명한 엘리베이터 앞에 매달려 모터와 도르래가 위아래로 움직이는 것을 보기 시작했다. 지하철 엘리베이터를 관찰하고 탐닉하는 도훈이의 눈빛은 예나 지금이나 초롱초롱 반짝인다.

도훈이는 왜 엘리베이터를 좋아할까? 그 모습을 영상으로 찍어 보며 관찰도 해 보고, 서로 많은 대화도 나누어 봤지만, 아직도 도훈이의 엘리베이터 집착 원인은 알 수가 없다. 그런 30개월 된 아들에게 눈앞에 보이는 엘리베이터를 안 태워 주거나 구경시켜 주지 않으면 땅바닥 드러눕기는 기본이요, 머리를 땅에 박기, 소리 지르기, 팔짝팔짝 뛰기 등 범상치 않는 행동으로 주변의 이목을 사로잡았다.

처음엔 우리 부부와 시어머님도 아이의 돌발 행동에 대해서 준비가 되어 있지 않은 상태에서 이를 받아들이는 게 힘들었다. 그래서 도훈이가 어릴 때 돌발 행동이 나오면 남편은 아이를 힘으로 다스리기에 급급했고, 아이와 실랑이하면서 화가 나서 애가 발악하여 머리가 깨지든 말든 뒹구는 아이를 방치한 적도 무수히 많다. 그럴 때마다 우린 부부싸움을 했고, 그런 감정이 다시 아이에게 불편한 감정으로 전달될 적도 많다. 남편은 강압적 훈육으로 때려서 다스려야 한다고 했고, 시어머님과 나는 이해할 때까지 달래야 한다고 했다. 보호자의 감정 상태에 따라 양육 방법이 바뀌곤 하여, 나도 가끔 화가 치밀어 오를 땐 아이에게 매를 들고 다스린 적도 있다.

도훈이가 4살 되던 봄날의 우리 가족에겐 잊지 못할 안 좋은 추억의 하루가 있었다. 우리 가족은 종종 남편의 주말 출장을 핑계로 나들이를 가곤 한다. 이날도 남편의 출장으로 인해 온 가족이 주말에 경주로 놀러 갔다. 아이들 봐주시느라 고생하시는 어머님과 나도 코에 바람 좀 넣기 위해 남편을 따라 나섰다. 일을 마치고 경주 불국사 근처 리조트에 숙소를 잡았다. 이리저리 둘러본 터라 피곤한 가족 모두는 체크인을 하고 숙소로 올라가야 하는데, 도훈이가 말을 듣지 않고 뒹굴기 시작하는 게 아닌가?

아들의 엘리베이터 사랑을 인지한 이후 남편은 사전에 동선을 짜서 시간 소모전을 최소화했는데, 여긴 처음 가 본 곳이라 우리는 전혀 보지 못한 투명 엘리베이터를 도훈이가 먼저 보고 만 것이다. 당시에는 말도 잘 못하고 무조건 의사표현은 몸으로만 했던 도훈이였다. 뒹굴고, 나자빠지고, 울고불고 난리 법석에 가족 간의 의견 차이가 로비에서 시작되었다. 엘리베이터를 한번 태워주라는 어머님, 그냥 안고 숙소로 이동하자 했던 나, 뒹구는 애를 보고 짜증내며 애를 혼내기만 하는 남편, 그리고 오빠만 봐준다고 우는 도연이….

당시 봄나들이 여행객이 엄청 많았는데, 모든 사람들이 우리를 보고 한마디씩 하고 지나갔다. 어르신 한 분은 땅바닥에 누워 머리를 쿵쿵하고 바닥에 찧는 도훈이를 보며 "이런 버릇없는 고집쟁이 꼬맹이가 있나, 이런 놈을 어떻게 키워! 엉덩이를 좀 때려 줘야지." 하고 우리 가족을 불쌍히 보며 아이를 혼내기도 했다. 우리도 너무 속상했지만 그분에게 아무 말도 할 수가 없었다. 짧게 설명할 자신도 없었지만, 다른 아이들과 분명히 다른 점이 있다는 사실을 말하고 싶지 않은 마음이 컸다. 36개월까지 이러한 행동이 지속되면 그때 병원에 가 보리라 생각하며 예상되는 두려운 현실을 부인하고 싶었다.

남들에게 민폐도 민폐지만 이런 소리까지 들어야 하는 자괴감, 보호자 간의 상처…. 지칠 대로 지친 도훈이는 한 시간 동안 소란을 피우고서야 잠잠해졌다. 결국 엘리베이터를 타진 않고 구경만 하고 오는 조건과 과자라는 당근책으로 겨우 숙소로 꼬셔서 데리고 왔다. 그리고 우리 보호자 3명은 서로를 위로하며, 휴식과 함께 내일의 이동 동선을 걱정하기 시작했다.

어느 순간부터는 이런 모습이 우리의 일상이 되어 있었고, 남들은 나가서 뭘 먹을지, 뭘 구경할지, 어떻게 놀지를 고민하지만 우리 가족은 건물과 동선에 엘리베이터가 있는지를 걱정할 뿐이었다. 숙소에 와서는 초코과자를 먹으면서 아무 일 없던 것처럼 해맑게 노는 아들의 모습에 일상 속 불구덩이를 피하는 방법에 대해 고민하게 되었다.

도훈이와 도연이, 장애 아이와 비장애 아이를 키우는 과정에서 남편과 많은 다툼이 있었다. 가장 큰 다툼은 아이를 보는 감성과 관점의 차이에서 비롯됐다. 그래서 우리의 정신건강과 집안의 평화, 그리고 쌍둥이들을 위해 우리의 관점을 하나로 일치하고자 노력하였다. 그중에 가장 첫 번째로 했던 방법이 불구덩이 탈출하기였다. 도훈이의 발악을 최소화하는 것이 목적이었다. 이는 우리 남편하고 다툼이 있을 때 남편이 잘 써먹는 36계 줄행랑에서 착안되었다.

　남편은 서로의 감정이 폭발할 때 잠시 떨어진 상태에서 감정을 가라앉히고, 감정을 다스린 후 대화로 간격을 좁히는 방법을 선택한다. 가정에서건 회사에서건 그렇게 행동하는 게 좋은 방법 중 하나라고 생각하는 사람이다. 그래서 도훈이도 소통의 어려움으로 감정이 폭발하여 때와 장소를 가리지 않고 이상 행동을 할 때 가급적 그 장소를 피하여 시각적·미각적·환경적 새로움을 보여 주는 방법을 사용했다. 물론 인지가 조금씩 늘어나면서 다시 그 기억을 되새겨 떼를 쓰는 경우도 있지만, 아이가 자기 의사표현을 몸으로 할 때에는 119라도 불러야 할지도 고민하게 할 정도였기 때문이다.

　발달장애 아이들의 발악과 자학은 만 2세~5세에 가장 두드러지게 나타난다. '텐트럼'이라고 포괄하는 성질부리기, 심한 떼쓰기, 그리고 발악은 무언가를 요구하는 분명한 자기만의 표현 방법인 거다. 이는 비장애 아이들에게도 나오며, 표현력이 잘 나오는 사람에게도 나이가 들어서 나오는 행동이다. 핵심은 상대가 이를 이해할 수 있는 언어적·행동적 표현이 수반되는지가 중요하다. 소통에 있어서 가장 기본인 언어적 수행이 없다면, 무수히 많은 신체적 표현을 다 알아듣기엔 시간이 걸릴 수밖에 없다.

유아기를 막 지난 부모로서 의견을 드린다면, 현재 그 상황을 겪고 있거나 맞이하려는 부모님들께 조금만 참으면 그 환경이 조금씩 개선되니 마음의 여유를 갖고 기다려야 한다고 말씀드리고 싶다. 안타깝게도 우리 아이에게 맞는 개선책은 스스로 찾아야 한다. 유년 시절 이 습관을 잡지 못하게 되면, 성장을 통해 같이 행동이 커지고 불편함이 나타날 수 있다. 우리도 그 시기에 전문의 상담이나 부모 교육을 참가하여 힘든 상황을 고해성사하듯 요청한 적이 많다.

사실 한 번에 해결되는 솔루션은 없지만, 아이와 부모의 함께 노력하여 가정과 치료를 진행한다면 분명히 개선의 여지는 볼 것이라 굳게 믿는다. 그러면서, 자연스럽게 지금 염려하는 행동들이 조금씩 소거되고 아이와 함께하는 행동반경이 조금씩 넓어지면서 가정의 활동 자신감이 생길 것이라 믿는다. 당장 지옥 불구덩이가 어떻게 오아시스가 되겠냐 하겠지만, 작은 마음의 여유는 불구덩이 속에서도 충분히 생존 방법을 볼 수 있게 만들 것이다. 부모도 어리둥절한 시기를 지나고 많은 정보를 접하면서 우리 아이들의 다름을 인정하고 감안하게 된다. 이는 당사자만 이해할 수 있는 마음이다.

통상적으로 만 2~3세 시기는 이상 징후를 느끼고 평가 및 진단을 받게 되고, 마음이 조급해지는 시기이다. 우리 애는 아니겠지 하는 마음으로 검사를 받고, 청천벽력과 같은 진단을 받게 된다면 가족 간 갈등은 심화되고, 그럴수록 아이는 점점 더 심해지는 것처럼 느껴진다. 경중의 차이가 있겠지만 대다수 진단을 받고 아이를 양육하는 장애아동 가정에서의 심리 상태가 비슷하지 않을까?

유치원에서 아이들과 같이 생활하면, 텐트럼이 있는 친구들을 종종 만난다. 혼자만 집에서 있다 보면 그 행동이 나타나지 않거나 케어가 가능하지만, 단체 생활 속에서는 자기 위안 또는 자기 방어 행동이 다르게 나타나는 경우가 있다. 반대로 어떤 아이는 가정에서만 텐트럼이 나타나고, 유치원에서는 순한 양처럼 착한 경우도 있다. 다만, 그 행동이 눈에 띄느냐 아니냐의 차이이며, 그 모습이 남에게 피해를 주느냐 아니면 이해할 수 있는 정도이냐의 차이이다. 이런 행동을 유치원 부모 상담 때 알려 주면, 많은 부모님들이 모두 난리가 난 것처럼 생각하고 대안을 고민한다. 가족 대책위원회를 열어 별일 아닌 일에 자연스러운 성장통에 민감하게 반응하곤 한다. 우리 아이들도 마찬가지 아닐까 생각된다.

사실 영·유아기에는 그냥 떼쓰는 아이들이 우리 주변에 허다하다. 그래서 내 자식 아니고선 별로 크게 신경 쓰지 않고 넘어가기도 한다. 각자 자기 인생 챙기기 바쁜 하루하루의 연속이다. 그래서 영유아기가 지난 도훈이 보호자로서 유치원 교사로서 영유아기 때에는 우리 아이의 다름을 너무 눈치 보지 않아도 된다고 생각한다. 특히, 우리 아이를 남들이 어떻게 볼까에 대한 신경을 조금은 버려도 된다.

유치원 교사로서 많은 아이들을 가르쳤고, 그보다 더 많은 학부모님들을 만났다. 학령기 이전은 모든 아이들과 학부모님 모두 서투르다. 모두가 처음 해 보는 상황들이 많다. 그래서 서로 더 조심하려 한다. 남에겐 피해 주지 않고 피해받지 않는 선에서의 활동에 익숙해져 있다. 따라서 다른 친구에게 크게 피해를 주지 않는 성향이라면, 그 행동이 조금 모나고 남들에게 주목받는 모습이라도 남의 아이에게 크게 관심을 가지지 않는다. 각자 자신의 아이와 생활에만 집중하는 것이 요즘 부모님들의 모습이다.

우리 도훈이는 떼를 쓰면 머리를 땅에 박았다. 벽이건 땅이건 '쿵'하는 소리로 보호자에게 자기의 화남을 알렸다. 뒹구는 것은 기본이요, 남의 시선을 이용하는 듯도 하였다. 하지만 그 행동이 잘못된 행동이란 것을 언어적·감정적으로 꾸준히 수업과 지도를 통해 전달했다. 하루아침에 이뤄지진 않았다. 지금도 화나서 대치 상황이 발생될 때 언어 표현으로 다스리곤 한다. 초등학교에 입학한 지금도 가끔 나타나는 행동이지만, 그 행동이 잘못된 행동임을 인지하고 먼저 잘못했다고 표현한다. 그렇지만, 내면적으로는 울분이나 억울함 등 그 표현 못 한 욕구가 사라진 것은 아님을 알고, 스스로 잘못을 인정한 것에 칭찬과 동시에 요구 사항을 들어주곤 한다.

장애, 비장애 모든 아이들이 성장하면서 조금씩 자기 의사 표현을 말이나 몸짓 또는 표정이나 제3의 도구를 통해 하게 되면 확실히 텐트럼이 현저히 줄어드는 걸 볼 수 있었다. 아이가 원하는 무언가를 보호자가 빨리 캐치해 주면 좋겠지만, 아이의 순간적인 이상 행동에 대처 방법을 잘 모르는 보호자는 속수무책으로 그 상황을 맞이하기도 한다. 상대적으로 아이를 돌보는 시간이 적은 아빠들이 겪는 일반적인 일상이다. 아이를 모르기 때문에 화내고, 때리려 하고, 소리 지르며 아이를 다스리려 한다. 좀 더 관찰이 필요하지만, 그럴 여유가 없기 때문이다. 눈치가 보이고, 그런 행동에 대한 교육을 받아 본 적이 적기에 아이를 혼내기 바쁠 뿐이다.

초등학교 입학 전까지는 이상 행동에 대처하는 방법을 강구하고, 방법을 찾아내면서 아이를 다스리기 위한 학습으로 이어지게 되는 시기이다. 우리 부부도 도훈이를 관찰·지도하면서 도훈이만의 패턴을 빨리 캐치하려고 노력했다. 아이도 이상 행동이 본인과 보호자, 그리고 타인에게 불편함을 준다는 것을 인지할 때가 분명히 도래한다. 도훈이만 하더라도 몇몇 가지의 행동이 절대 고쳐지지 않을 것 같았으나 타협이란 달래기 작전과 허용을 섞어 가며 그 횟수의 범위를 좁혔다. 여전히 엘리베이터만 보면 눈빛이 달라지지만, 외출 시 정해진 목적지와 이동 동선에 대해 사전에 충분히 설명하여 그 마찰을 확실히 줄였다.

결코 그 어떤 병원도, 한의원도, 세계적인 명의도 우리 아이의 텐트럼을 한 방에 잡아 주지 못한다. 꾸준한 치료와 가정에서의 안정적인 양육이 진행된다면, 어느 순간 분명히 변화할 수 있다. 그리고 그 시간도 점차 늘어날 수 있고, 다른 친구들과 함께 어울릴 수 있다. 우리 도훈이가 진행형으로 발전하고 있다. 여전히 부족하지만, 오늘도 내일도 계속하여 도전하고 시도한다. 하나만 해 보자라는 단기목표 실행력과 중장기적 마음가짐이 중요하다. 그리고 약은 약사에게, 진료는 의사에게, 그리고 정확한 상담과 치료는 전문의와 전문기관의 선생님들과 함께할 것을 적극 추천한다. 그래야 객관적 의견을 수렴하여 개선 방향과 방법을 조언받고 우리 가정과 환경에 맞게 각색하여 적용할 수 있다.

PART 2

현실과 맞이하다;
자폐? 그게 뭔데?

F84 진단 코드를 받고 장애인 증명서 발급까지 1년이 훌쩍 넘게 걸렸다. 도훈이가 4살 생일이 되던 달(36개월), 안정된 교육기관과 검증된 병원을 통해 수업을 받으며 도훈이의 이상 행동을 찾아내기 시작했다. 지금 도훈이는 자폐성발달장애로 2급 장애 진단을 받았고, 열심히 노력하여 초등학교 고학년 즈음 장애심사를 다시 받아 보고자 계획하고 있다.

두려움, 결심… 그리고 진단서

우린 아이들이 초등학교 입학하기 전까지 맞벌이 부부였기에 시어머님께서 아이들의 주 양육자 역할을 해 주셨다. 특히 아이들의 더 어릴 때에는 시어머님의 비중이 더 클 수밖에 없었다.

도훈이는 여전히 느렸고 집착은 강해지고, 도연이랑은 확연히 다르다는 것을 느끼게 되었다. 그래서 병원을 알아봤다. 그러나 양가 어르신들은 왜 멀쩡한 아이를 병원에, 그것도 소아정신건강의학과에 보내느냐고 우리를 혼내셨다. 도훈이를 36개월 때까지 기다려 보고 그때까지도 늦으면 병원을 가자 했던 우리는 결국 36개월이 되었을 때 서울시어린이병원, 서울대병원, 서울시립 은평병원 총 3곳에서 의심에 의심을 거듭하며 진료를 보았다.

설마하고 처음 상담을 구한 곳에서 도훈이의 자폐성 행동을 인정할 수밖에 없었다. 결국 3곳 모두 진단은 동일했고 'F84'란 코

드명이 적힌 자폐성 발달장애로 진단을 확정받았다. 일단 진단을 받았지만, 과연 장애등급 신청을 해야 하는지에 대해 고민했다. 암도 진단을 받고 수술과 약물치료 등을 통해 완치도 가능한 세상인데, 느리고 다른 아이들과 조금 다른 건 사실이지만, 어떻게 보면 너무도 멀쩡해서 장애인으로 살아가야 하는 우리 아들을 내 스스로도 받아들이기가 어려웠다. 우리 부부는 그런 도훈이를 바라보며 서로 마주 보고 울기도 많이 울었다.

F84 진단 코드를 받고 장애로 인정한 장애인 증명서 발급까지는 1년이 훌쩍 넘게 걸렸다. 우리 스스로도 이를 인정하지 않은 남모를 기간이 꽤 있었던 것이었다. 지금 도훈이는 자폐성발달장애로 2급 장애 진단을 받았고, 열심히 공부하고 노력하여 초등학교 고학년 즈음에 장애심사를 다시 받아 보고자 계획하고 있다.

센터나 병원 낮병원을 다니면서 여러 유형의 발달장애 아이를 키우는 부모님들을 만나게 되었다. 또래의 아이들을 키우는 부모님들이라 서로 대화도 긴밀하게 이뤄지고, 정보 공유도 활발히 진행된다. 그런데, 진단과 장애등급에 대해서는 서로의 관점이 다르다는 걸 알게 되었다. 여러 유형 중에 장애 진단을 받고 높은 등급을 받으려는 보호자가 있고, 검사를 통해 장애 진단은 받았으나 장애인증명서를 신청하지 않는 분들도 있었다. 특히 자폐 경계성 아이를 키우는 부모님들은 쉽게 장애인증명서를 발급받지 않으려 하고 등급을 인정하지 않으려고 한다. 물론 장애 등급을 받지 않고 특수 치료수업 등 의료보험 혜택을 받는 경우도 있지만, 이는 관점에 따라 조금 다를 수 있다고 생각한다.

우리는 장애인 등록 후 아이 양육에 좀 더 도움이 된다고 판단했다. 금전적인 지원 및 할인, 감면의 혜택과 함께 아이와 함께 수업을 다니는 보호자 입장에서 활용할 수 있는 게 있다. 내가 가장 잘 활용하는 혜택은 단연 서울 시내에서의 주차라고 말하고 싶다. 서울은 교통지옥이지만, 그만큼 배려를 하고자 하는 공간이 남겨져 있다.

누군가는 장애 아이를 키움에 있어 가장 중요한 건 기동력이라 한다. 나도 그 부분에 200% 공감한다. 항상 시간에 쫓기고 아이 컨디션을 챙겨야 하는 상황에서 주차 가능 여부는 아주 큰 비중을 차지한다. 그 어떤 금전적 혜택보다 윤택한 국가의 배려라 생각한다. 다행히 우리나라가 복지국가로서 날로 발전하면서 장애인 주차장에 대한 비율이 의무화되어 가고 있다.

혹시, 아이의 장애 진단과 장애인증명서 신청에 고민하고 망설이는 부모님들이 계시다면, 망설이지 마시라고 말씀드리고 싶다. '금전적 혜택도 아닌 주차 따위가 뭔데?'라고 생각할 수도 있지만, 상황에 있어서 정말 필요한 서비스를 이용할 수 있다면, 고민을 조금 줄여야 하지 않는가 생각한다. 이렇게 추천 드리는 이유는 스스로 우리 아이가 다름을 인정하는 속상함이 충분히 있겠지만, 이를 통해 국가가 정한 권리를 보장받는 것 또한 아이에게 그 이상으로 도움을 줄 수 있기 때문이다.

결국 진단을 받은 후 도훈이에게 '치료'라고 명명하는 교육을 시작하였다. 10년 넘게 유치원 현장에서 아이들을 가르쳤지만, '중이 제 머리 못 깎는다'라는 말처럼 도훈이를 100% 케어할 수가 없었다. 먼저 집에서 가까운 센터를 찾기 시작했다. 서초 내곡동에 위치한 서울시 어린이병원을 다니려 했지만 집에서의 거리와 비용 부담에 엄두가 나질 않았다. 그래서 집에서 차로 30분 이내의 발달센터와 발달장애 재활치료 및 서비스가 가능한 병원들을 찾아봤다. 그렇게 인근 발달센터에서 인지치료수업, 감각통합수업을 시작으로 도훈이와의 뺑뺑이가 시작되었다.

가족 모두가 아이 하나를 위해 시간을 할애하는 건 결코 쉽지 않다. 하루는 남편이 시댁 식구들과의 저녁 자리에서 노트북을 꺼내 들고 우리 인생에 대하여 브리핑을 한 적이 있다. 남편이 대학원에서 스포츠 커뮤니케이션 석사과정 공부를 하던 때였다. 엄청 생뚱스러운 상황에서 갑자기 같이 돕고 살아야 한다며 '기러기의 여행'이란 동영상을 꺼내 들고 도훈이의 상황을 설명했다. 특히, 식구끼리는 더 똘똘 뭉쳐 함께하자는 각오를 당부하였다.

그 이후 식구들의 관점과 장애를 바라보는 시각이 너무도 달라졌다. 그리고 도훈이 수업과 여타 이동에 부탁을 하였을 때 가능한 범위 내에서 서로가 흔쾌히 협조해 주었다. 도훈이의 장애로 인해 부부간 다툼도 있었지만 더욱 화합하였고, 더 확장하여 시

대과 친정 식구들도 모두 신뢰와 단합할 수 있는 화목한 집안의
중심이 된 사랑스러운 아들이다.

이 세상은 혼자만은 절대 살 수 없는 큰 조직이고, 그
조직 안에는 나의 편이 꼭 존재해야 한다고 생각한다.
이는 우리 남편의 삶의 모티브다. 그래서 우리 부부를
포함하여 주변에서 도훈이의 보호자를 많이 만들어 주
고자 노력했다. 그 노력은 여전히 진행형이고, 이제는
가족뿐 아니라 나와 남편이 사회생활을 통해 만난 인연
들에게도 상황을 설명하고 협조를 구하고 있다.

도훈이의 이상 행동 요인 찾기

도훈이를 데리고 원하는 목적지를 마음 편하게 가 보게 된 것도 얼마 되지 않았다. 여전히 완벽하게 소통이 되진 않기에 마음 졸이고 어디서 어떻게 반응할지 모르는 예측 불허의 마음을 지금도 지니고 있는 게 사실이다. 트라우마라고 표현하면 아이의 행동에 무책임할 수 있겠지만, 마음 한구석엔 불안이 존재하고 있다. 그래서 우리의 외출 동선은 간단하고 명료하다. 그리고 즉흥적인 것을 최대한 자제한다. 그리고 지키지 못할 약속은 하지 않고, 사전에 예정된 동선과 계획을 충분히 설명해 준다.

장애·비장애에 상관없이 모든 아이들은 언어를 표현하는 속도보다 수용하는 속도가 빠르다. 바꿔 말하면 알아듣기는 잘 이해하고, 말하고 표현하는 건 상대적으로 느리다. 이건 어른들과 생활하면서 자연스럽게 듣고 자라는 학습이 만들어 준 것이다. 유치원에 처음 입학한 5살 아이들 대다수가 말은 다 알아듣는다. 그런데 표현이 부족하거나 표현을 안 하는 경우가 있다. 대충은 선생님의 말을 알아듣고 몰라도 눈치껏 따라온다. 이런 모습이 도훈이에게도 보이기 시작했다.

물론 내가 가르쳤던 유치원 5살 아이들 중 가장 늦은 발달 상황을 보이는 아이와 비슷한 모습이 우리 아들에게는 그보다 조금 더 늦은 6살 말쯤 두드러지게 나타났다. 남편과 아이를 지켜보며 '도훈이가 늦지만 안 되는 건 아니구나!'라고 서로를 응원했다. 정말이지, 3세부터 4세까지의 질풍노도 시절에는 아무것도 안 되겠다 싶었다. 말도 못하고 알아듣지도 못하고 불러도 대답도 없고 행동도 뭐든지 못하고 뒹굴뒹굴 누워 있고 야쿠르트만 하루에 수십 개씩 먹고….

하지만 꾸준한 치료수업을 통해 조금씩 희망을 보게 되었다. 도훈이도 다른 친구들과 같이 말로 표현하는 것보다 듣고 이해하는 것이 상대적으로 발달했다. 도훈이는 5살이 되던 해 어린이집과 은평병원 낮병원을 병행하였다. 통합교육과 특수교육을 섞어 진행하였다. 어린이집에선 확실히 다른 친구들과 다름이 비교되었지만, 직간접적 모방을 경험케 하였다. 원장님과 담임 선생님과의 면담을 통해 아이의 지도법을 고민하였다. 너무도 훌륭하신 어린이집 원장님과 담임 선생님께서 도훈이의 상황을 이해해 주시며 도움을 주셨다.

그리고 은평병원 낮병원에선 하나씩 부족한 부분을 핀셋처럼 짚어 주는 수업을 받게 되었다. 한 반에 어린이 5명에 치료사 선생님과 공익요원 보조 선생님까지 최소 선생님 1명에 아이 2명의 수업이 진행되었다. 유치원이나 어린이집 등 일반 통합교육에선 잘못된 행동을 체크하고 수정해 주는 역할이 쉽지는 않다. 이유는 우리 아이만을 봐줄 선생님의 수가 부족하기 때문이다. 5살 때 두 교육을 병행하며 도훈이의 이상 행동을 체크하였다. 이외에도 저녁과 주말엔 집 근처 발달센터를 다니면서 보충수업을 진행하였다. 그러면서 지속적으로 선생님들과 피드백을 주고받았다.

　　부모의 불안한 마음을 잠재우고 안정된 교육기관과 검증된 병원을 통해 수업을 받으면서, 도훈이의 이상 행동을 찾아내기 시작했다. 4살, 2015년 9월에 나타났던 도훈이의 개선해야 할 점과 부족한 점을 메모했다. 그리고 개선되기를 기대하며 치료와 가정에서의 관심이 진행되었다.

2015년 9월의 김도훈 성장기록

★ 시기

생후 36개월

★ 신체활동

- 일상적인 활동 가능(걷기, 뛰기)하나 가끔 뒤뚱이면서 뜀
- 한 발 뛰기, 두 발 뛰기 안 됨(두 발 뛰기 시키면 따라는 하려 하지만 넘어짐 / 한 발로 서다가 넘어짐)
- 공 주고받기 안 됨(테니스공을 겨우 잡고, 던지는 위치가 아무 데나 던짐)
- 사탕 혼자 까먹지 못함 (손가락 활동능력 떨어짐)

★ 인지능력

- 진단 시 11개월 수준 평가
- 자기 이름에 대하여 정확한 인지 여부가 애매함(알아듣고 반응 하는 건지 소리가 들리니깐 반응하는 건지에 대한 불분명)
- 엄마, 아빠, 할매, 할배, 큰아빠 등 주요 인물에 대하여는 인식함
- 본인이 좋아하는 음식에 대한 인지는 있음(야쿠르트, 사과)
- 지시를 이행하지 못함(물건 가져오기, 도연이 따라 하기, 오세요/가세요 이해 불가)
- 동물, 벌레에 대한 거부반응 없음(막 만짐)

★ 언어수준

- 자발적인 단어 발화 3단어 함

  (아투 = 야쿠르트, 줘 = 주세요, 가 = 가요~, 해요~)

- 불러도 대답하지 않음(수십 번 불러야 한 번 대답함)

- 단어로 말하는 것에 알아듣는 수준(좋아하는 단어에 대한 반응 :

  사과, 아투, 밥, 빵빵(자동차), 엄마, 할매(할머니) 등)

- '이놈', '안 돼', '아야(다쳐, 아파)'에 대한 단어 인지는 함

★ 놀이/사회성

- 항상 혼자 놀며, 다른 곳에서 소리가 나면 다가섰다가 다시 혼자

  놀기 시작함

- 목적 없이 사방을 돌아다님

  (놀이터나 키즈카페에서 노는 모습을 보면 장애라고 생각 안 됨)

- 학습을 위한 의자에 10초 이상 앉지 못함(누우려고 함)

- 엘리베이터에 집착하나 겁은 많음(절대 혼자 못 탐)

- 자동차, 바퀴, 선풍기, 엘리베이터에 관심을 갖고 있음(돌아가는 사물)

- 탑 쌓기 놀이 좋아함(쌓는 것보다 쌓아 놓은 거 망가뜨리기를 더 좋아함)

- 쌍둥이 여동생 장난감을 탐닉함(만졌다가 동생이 짜증내면 자리를 피함)

- 동생과 엄마 스마트폰 소유에 대한 경쟁을 함

- 좋아하는 동요가 나오면 덩실덩실 알 수 없는 몸짓의 춤을 춤
  (동작 부정확함)
- 집 안에 큰 미끄럼틀을 설치해 줌(하루에 수십 번 오르락내리락함,
  계단으로 오르고 미끄럼으로 내려와야 하는 거 가르침)

★ 상호작용 및 교육
- 말을 하면 앵무새처럼 따라 하는 몇몇 단어가 있음
- 하나라도 잘하는 거 있으면 과장해서 즉시 칭찬함(ABA 프로그램 적용)
- 도연이와 놀이 중 모방행동이 조금 있으나 행동이 어눌함

★ 일상생활
- 기저귀를 완벽하게 떼지 못함(소변은 조금씩 가리기 시작하였으나
  대변은 기저귀가 있어야만 해결될 수 있었음)
- 혼자 바지 올리고 내리기 안 됨
- 하고 싶은 일 보호자 손 끌어 잡는 행동으로 해결함(크레인 행동)
- 낯선 자동차 탑승에 대한 강한 거부 반응(보호자 차량 외 대형버스, 택시 등 낯선 차량
  탑승 거부/발악)
- 핸드폰 어플 열고 닫고 하여 혼자 보는 콘텐츠가 있음
- 폭력성은 없으며, 본인보다 약자(아기)를 보호하려 함

★ 발악/자해(텐트럼)에 대한 대처

1. 집

· 울다 지쳐 쓰러질 때까지 기다림

· 머리를 땅에 박으려 할 때만 머리가 안 다치게 베개나 발을 밀어 넣어 고통을 최소화함

· 실컷 울고 나면 본인이 원했던 것에 조금만 이행해 주며 달래 줌

· 진정되면 새로운 환경을 제시하여 환기시킴(핸드폰을 주로 제시함)

2. 공공장소 또는 바깥놀이

· 주변 위험한 물건, 상황 제거하기

· 도훈이가 좋아하는 음식(야쿠르트, 비타민 등)으로 상황을 변화시키려 함

· 빠르게 장소/상황을 탈출시키려고 노력함

떼쓰는 아이에 대한 대처는 지금도 곤혹스럽기는 하지만, 일관된 보호자의 자세가 필요하고 꾸준한 학습, 전달을 통해 그 상황을 만들지 않는 것이 좋다고 생각한다. 우리 가족도 기록처럼 100% 수행하지는 못했다. 보호자가 3명(할머니, 아빠, 엄마)이었기에 그 상황을 받아들이는 입장이 초반에는 달랐다. 할머니는 즉시 타협을 진행하셨고, 나는 학습적인 교육과 훈육의 자세, 남편은 강압적 또는 무관심에 가깝게 기다리기를 진행했었다. 이 때문에 부부싸움은 물론 시어머님께 혼나기도 일쑤였지만, 서로 가족 간 대화를 통해 적정한 선을 찾아 최대한 진행키로 하였다. 이러한 가족 간의 상황에 대한 통일성이 중요하다 생각한다.

짱구 도훈이의
솔직한 외상 기록과 병원방문기

남편과 나를 오랫동안 아는 사람들은 도훈이의 장애 진단을 이야기하면 많이 놀란다. "왜 너희에게? 도훈이가 어디가 어때서?" 하는 반응이다. 그러면서 "왜 그런지 몰라?"라는 질문이 가장 많다. 병이라고 할 수는 없지만, 장애 진단의 원인과 이유를 모르는 게 여전히 숙제이다. 여전히 자폐·발달장애 분야는 가야 할 길이 너무도 많은 분야라 생각한다. 현실을 받아들이고 이겨 내는 것도 지금 현재의 모습이다. 어떻게 이겨 내야 하는 게 맞는지, 아직은 경험치를 통해 매뉴얼을 만들어 내는 미지의 세계인 것이다. 내가 만약 도훈이가 왜 발달장애 진단을 받았는지 알게 된다면, 노벨상 노미네이트감이 아닌가 싶다. 현실에 답답하지만, 그래도 아이의 병원 기록들을 되짚어 본다.

우리 도훈이의 머리엔 성한 곳이 없다. 앞뒤짱구에 심지어 머리카락으로 가려져 있지만 울퉁불퉁한 곳이 한두 군데가 아니다. 도훈이가 걷기 시작하면서 남들보다 자주 넘어졌기 때문이다. 7살인 지금 도훈이의 머리 골격을 만져 보면 앞뒤 가리지 않고 온통 울퉁불퉁할 정도이니, 어릴 때 얼마나 엎어지고 자빠졌는지 가늠할 수 있을 정도다. 어린이집 시절 애가 잘 넘어진다며 가정에서도 보다 주의를 해 줘야 한다고 조언을 주실 정도였다.

혹시나 생후 외상으로 인한 충격으로 아이의 성향이나 상황이 반전이 되었나 하는 게 있어 기록해 봤다. 확실히 도훈이는 쌍둥이 도연이보다는 외상이 많긴 하다. 병원 신세도 여럿 경험했다. 찢어지고 터지고 붓고 등등 이루 말할 수 없을 만큼 얼굴과 온몸에 훈장들이 가득하다. 어른들은 과거에 시골에는 좀 부족한 애들이 있었다면서 그 친구들은 높은 감나무에서 감 따다가 떨어졌다고 표현을 하셨는데, '혹시 그 부족한 아이에 우리 아들도 포함되는 거 아닌가? 그래서 외상이 아이의 상태에 영향을 주었나?' 하는 의심을 해 보기도 했다.

우리 도훈이는 장애 진단 이전에 크게 5번 병원을 다녀왔다. 물론 이런저런 잔병치레로 병원은 수도 없이 갔지만, 심쿵하며 갔던 던 5번. 과연 이러한 외적 영향이 도훈이의 상태와 진단에 영향을 끼쳤는지는 의학적으로도 밝혀낼 순 없었다.

- 1. 생후 1주 : 노로 바이러스 판정 / 신생아 인큐베이터 격리조치 / 입원 1주
- 2. 17개월 : 침대 머리판에서 타일바닥을 향해 머리로 쿵 하고 떨어짐 / 전신마취 후 MRI 촬영 / 이상 無
- 3. 24개월 : 탈장수술 / 2일간 입원 후 수술 / 전신마취 진행 / 수술 후 퇴원
- 4. 26개월 : 손 화상으로 응급실 / 2달간 통원치료
- 5. 28개월 : 고열 등으로 인한 응급실 / 열꽃반응 외 / 약 처방 후 귀가

두 번의 전신마취를 했다. 말이 전신마취이지만 그 과정까지는 난리도 아니었다. 특히 탈장수술로 인해 병원 입원과 퇴원 과정은 온 가족이 다 달려들어 애를 붙들고 달래고 정신이 홀딱 나갈 수준이었다. 17개월 때 침대 낙상으로 응급실에서 경험했던 전신마취의 기억, 남편과 간호사 3명이 달려들어 겨우 붙들고 주사 꼽고 마취했던 모습은 마치 TV 속 통제가 어려운 동물을 포획하는 모습이어서 마음이 힘들었다.

그런 안 좋은 기억을 탈장수술 때 또 했어야 하는 게 지켜보기 힘들었지만, 아이의 몸에 주삿바늘을 꼽기 위해 온몸으로 아이를 눌러 못 움직이게 해야 했다. 물론 고통스러운 치과 치료도 있었다. 치과는 정말 아이나 어른이나 참 다가서기 어려운 곳인 것 같

다. 치료를 위해 포박을 하고, 살려 달라고 우는 아이를 지켜보는 건 정말 참기 힘든 고통이었다.

나는 발달장애 아이를 키우는 엄마로서 내 생이 다하기 전까지 진단의 원인이 선천적인 것인지 후천적인 것인지 만이라도 꼭 알고 싶다. 과연, 앞으로 의학적으로 어디까지 밝혀낼 수 있을지 궁금하다. '왜 우리아이가 장애 진단을 받았을까?' 하는 의문을 평생 생각할 수밖에 없다.

내가 읽었던 자폐 진단과 극복에 대해 조금은 다른 관점에서 바라본 책이 있다. 미국에 사는 자폐성 발달장애 아이를 키우는 내과 의사가 쓴 책(줄리 A 버클리, 『자폐증의 해독치료』)이 있다. 저자는 자폐 성향이 정신성 장애가 아닌 내과적 결핍이라고 주장한다. 남편과 이 책을 함께 보면서 상당히 진지하게 대화를 나눴다. 둘 다 의학적 전문가가 아니기에 의학적으로 무엇이 맞는지는 모르지만, 국내에도 한의원 등에서 자폐 성향을 바로잡는 치료가 있다고 해서 몇 번 경험한 적이 있었기 때문이다. 이와 관련한 도훈이의 영양 섭취, 식단과 관련 하여는 다시 언급하고자 한다.

우리는 도훈이를 데리고 대학병원 한의원도 가 보고 발달장애 뇌 균형을 잡는다는 소아전문 한의원도 가 봤다. 침 치료까지는 해 보진 않았지만, 한약을 통한 결핍을 잡는 시도는 해 봤었다. 그런데 한약의 쓴맛이 강해서 30포 중 7포 이상을 먹일 수가 없었다. 한약은 사실 계속 도전해 보고 싶은 방법 중에 하나이다. 동서양의 의학적 접근 방법에 조금 이해가 되는 건 식습관 개선과 영양 보충, 환경 변화로 아이의 자폐 성향이 완화된다는 것이다. 그래서 그 이후 아이 입맛에 맞는 B12 비타민 등 보충제를 찾아서 꾸준히 먹이고 식단에도 조금 신경을 쓰고 있다.

유전은 어디서부터 어디까지일까?

우리 도훈이를 이야기할 때 빠질 수 없는 친구가 있다. 바로 쌍둥이 1분 여동생 도연이다. 누가 엄마를 닮고 누가 아빠를 닮았는지 헷갈리는 이란성 쌍둥이 남매다. 둘은 쌍둥이지만 서로 닮은 곳이 별로 없다. 눈, 코, 입은 물론 골격과 행동까지 둘은 영락없이 남남처럼 보인다. 신기하게도 둘이 서로는 안 닮았지만 도훈이와 도연이는 각각 엄마, 아빠의 얼굴과 체형 등을 골고루 나눠서 닮아 있다. 유전이라는 건 참 무서운 거다.

우리 남편은 오른발 네 번째 발가락과 새끼발가락이 붙은 선천적 합지증이 있다. 어릴 적 가장 큰 콤플렉스여서 대학생 때 수술을 받았다고 했다. 그런데 도훈이가 남편과 똑같이 양발에 발가락 합지증을 갖고 태어났다. 애 아빠는 쌍둥이들이 태어났을 때 분만실 간호사께 제일 먼저 물어본 말이 "애들 발가락 붙었어요? 안 불었어요?"라고 한다. 그만큼 자기가 갖고 있던 콤플렉스를 애들한테 만큼은 물려주고 싶지 않았다고 했다. 그런데 웬걸? 아들 도훈이는 한쪽도 아니고 양발에 합지증을 갖고 태어난 게 아닌가. 발톱이 늘 깨지고, 변형적 발 모양으로 신발 선택의 어려움 등 남편은 늘 아들의 발가락을 수시로 체크하며 미안한 마음을 갖고 있다.

우리 부부는 각자의 전공 외엔 의학 전문적인 유전에 대한 공부를 하진 않았지만, 도훈이의 발달장애 진단(생후 36개월) 확정 후 아들의 진단 사유에 대해 한 번씩 서로를 의심하였다. 진단에 대한 회피를 찾고 싶었던 시절이었다. 그러나 서로에 대한 원망은 없었다. 다만 그 원인이 무엇일까 하는 궁금증으로 서로의 가족력 등을 꺼낸 적이 있다.

남편 쪽을 보면 친가 조카들 중 어릴 때 아주 약간의 경계성 자폐 성향을 보였던 조카들이 있었다. 이 친구들은 지금은 너무도 정상으로 학교를 잘 다니고 있지만, 어릴 때 조카들의 행동에 대해 남편과 조금 다르다고 이야기했던 적이 있다. 그런데, 남편 외가 쪽에는 세 명의 장애 진단을 받은 조카들이 있다. 촌수로 따지면 오촌인데, 발달장애, 뇌 병변 장애가 있는 조카들이다. 사실 자주 보진 못하고 집안의 경사가 있을 때만 보곤 했다. 아이들의 장애에 대해선 아직까지 서로 말을 터놓고 이야기하진 못했다. 친척 지간이라도 마음의 아픔을 다 터놓지는 못하는 게 실정인 것 같다.

　우리 집안 쪽은 장애를 갖고 있는 어른이나 조카들은 없지만, 어릴 때 성장이 남들보다 느린 패턴이 많았다고 하였다. 그중에 내가 엄청 느려서 순둥이로 울지도 않고 눕혀 놓으면 누워 있고, 앉혀 놓으면 그대로 앉아서 눈만 동그랗게 뜨고 사람들을 쳐다봤다고 한다.

　성장 속도를 이야기하면, 우리 도훈이는 느림의 미학이었다. 쌍둥이 여동생과는 확실히 성장 속도가 달랐다. 난 아이들이 생후 1년, 돌잔치를 할 때까지는 워킹맘으로서 아이들을 양육하면서 크게 어려움을 느끼지 못했다. 다른 집 아이들처럼 넘어지고 싸우고 울고불고 하는 것 등은 있었지만, 큰 사건 사고는 없었다. 정말 도훈이는 순둥순둥 그 자체였다.

　쌍둥이였기에 시어머니를 비롯해 친정엄마와 육아도우미 선생님이 번갈아 가며 함께 봐주셨다. 출산 휴가 후 복직하고 나서는 나의 육아의 시간보다는 시어머님을 주축으로 친정 엄마와 돌봄 선생님이 쌍둥이들의 육아를 함께해 주셨다. 도훈이는 너무 순해서 이런 아이는 키우는 건 식은 죽 먹기라고들 하셨다. 그래서 1년까지는 크게 차이를 느끼진 못했다.

　돌잔치에서 도연이는 조금 걷고 도훈이는 붙잡고 설 정도의 신체활동 능력이 차이였을 뿐, 둘의 차이는 일반 다른 아이들과 같이 여자아이가 조금 더 빠르다는 정도로 둘 다 예쁘게 커 나갔다.

눈물을 통한 각오;
아빠의 일기

아이들이 4살 때 무더운 여름날의 일이다. 맞벌이를 하면서 어머니와 같이 생활하던 우리는 쌍둥이 양육과 서로 오해와 짜증으로 종종 다툼이 있었다. 그해 8월의 주말에도 어김없이 다툼이 있었고, 남편은 애들을 데리고 나간다고 자리를 피했다. 다툼의 이유는 도훈이의 이상 행동과 집안일 등등 일반 다른 가정과 같았던 상황이었다.

늘 36계 줄행랑을 전법으로 구사하는 남편은 화가 잔뜩 난 상태에서 애들을 데리고 집을 나갔다. 낮에 나간 남편은 저녁에 들어왔다. 그러더니, 미안하다며 애들을 데리고 나가서 엄청 힘들었다며 고해성사를 하듯이 이야기했다. 본인은 화가 난 상태에서 나갔고, 애들은 말은 안 듣고 날은 덥고….

결국 애들한테 화풀이하듯 하고 자기 마음대로 해석하여 애들도 본인도 마음을 달래고 들어왔다고 했다. 혼자 애들 데리고 오면서 차에서 울었다면서, 속상하다고. 그러곤 혼자 반성하며 메모장에 글을 썼던 내용을 2년이 지난 후 보여 줬다.

이기적인 아빠의 투정 이야기

나는 도훈이 도연이 아빠다. 누군가 내 꿈이 무엇이냐 물어보면, 스무 살의 나는 언제나 아빠가 되는 게 꿈이라 했다. 여러 의미가 있었겠지만, 예쁘고 참한 여자를 만나기를 희망했고, 어린패기에 사랑을 나누어 나의 주니어를 갖는 것을 꿈꾸었다.

계산된 계획을 통해, 한 여자를 만났고 힘겨운 노력으로 결혼을 하였다. 그리고 엄청난 기도와 간절함과 관심과 노고 끝에 그토록 바랐던 두 아이를 얻게 된다.

만 36개월이 되어 가는 우리 로이 또이. 진정 내가 간절히 원했던 아빠가 맞는가. 나는 요 며칠 새 나에게 자문자답을 한다. 이렇게 살 것 같았다면, 그냥 둘만 살걸 그랬나….

늘 개인주의의 생활화를 통해 나밖에 몰랐던 내가 이젠 두 아이의 아빠로 그들의 앞날과 미래를 걱정하고 있다. 난 몇 년 전부터 위장병을 달고 산다. 떼어 내려 해도 한번 닳아진 내 속병은 쉽게 나를 떠나지 않는다. 그 덕에 내 삶은 늘 긴장감이 있다.

위장병…. 늘 속은 불편하고, 불편함은 나 스스로를 긴장시킨다. 또 아파 올까 봐, 혹시 스트레스 때문에 큰 병이 생길까 봐. 그래서 내 멍청한 생각과 뇌구조 때문에 버릴 수 없는 내 몸속 걱정 메이트가 된 거 같다.

아빠…. 참 어려운 직함이다. 학교와 사회에서는 선배, 후배, 형, 오빠, 회사에선 대리, 과장, 부장, 사장 등 많은 직함과 호칭이 있지만, 가정에서의 나의 직함(?)은 '아빠'다. 가장이고 캡틴인 거다.

솔직히 요즘 아빠 역할 어렵다. 처음 해 보는 거지만, 내가 해 본 역할 중 가장 고된 타이틀이다. 우리 인류가 수백 년 수천 년의 역사를 갖고 있지만, 지금 시대의 대한민국 내 또래 아빠들이 정말 어려운 역할을 맡고 있다고 생각한다. 먹고 살기 위한 수많은 교육을 받았지만, 아빠의 역할에 대해 배워 본 적 없는데, 아는 척 모르는 척 다 섞어 가며 결국엔 능청스럽게 아빠로 살아가고 있다.

행복하냐는 질문이 가끔 술자리에서 오고간다.

아빠가 된 후 주제 넘는 이야기가 오고가는 자리가 종종 있다. 고정 레퍼토리처럼 이야기한다. "물론 행복하지만 힘들고 슬프다"라고…. 어린 시절 꿈꿔 온 아빠의 역할은 이게 아닌데…. 소위 좀 웃프다.ㅎ

언제까지 돈은 벌어야 하고 부양을 해야 하는 의무감을 가져야 하는 걸까? 이런 고민을 하고 생각을 하는 것 자체가 불순한 것일까? 나와 우리 가족을 위한 투자와 소비는 언제쯤 제대로 해 볼 수 있을까? 나에게 어떤 선물을 스스로 해야 내 행복감이 돌아오고 힐링이 되는 것일까? 답 없는 질문이고 길 잃은 해법 찾기이지만…. 요즘 내가 가장 많이 하는 찰나의 생각이다. 일을 하다가도 밥을 먹다가도 화장실에서 볼일을 볼 때에도, 뜬금없이 떠오르는 나에 대한 질문이다.

나는 나쁜 아빠를 자처했다.

일부러는 아니지만 아이들을 훈육하는 여러 방법 중 아직 취해 보지 않았던 방법을 두 어린아이들에게 적용했다. 이기주의 떼쟁이 도훈이와 잔머리 굴리는 도연이에게 고함과 맴매를 들었다. 며칠 전부터 작정한 의도된 플레이였다. 애 엄마와 어머니는 성을 내셨지만…. 수많은 훈육법 중 언젠가는 써야 할 수도 있는 내 훈육카드를 꺼내 들었다. 손바닥으로 도훈이의 발바닥을 얼마나 내리쳤는가…. 때리는 아빠의 마음이 아프다 하는데, 난 그때는 그걸 느끼지 못하였다. 하루가 지나고 이틀이 지나고, 애들이 나를 보는 시선에 내가 부끄러웠다. 그래서 미안했고, 마음이 아팠고…. 내가 초라해 보였다. 이건 무슨 기분이지? 아이들이 어떻게 아빠를 볼까?

부끄러운데 부끄럽다 말을 못하겠다. 눈물이 난다. 미안하고 쪽팔리고…. 그래도 아빠니깐 나를 아빠라고 불러 주는 아이들과 윤정이한테 미안하다.

2015. 08. 16.

이때 이후로 남편은 마음을 잡고 도훈이의 앞날을 위해 보다 더 선한 사람이 되어야겠다고 마음을 먹었다 한다. 하루아침에 사람이 바뀔 수는 없지만, 생각해 보면 이때쯤 해서 남편이 착한 사람으로 변하려 했던 것 같다. 가사 일에도 더 참여하고, 애들 교육에도 더 신경 쓰고…. 고마워요, 학인 씨♡

여보 씨, 하나만 다시 더 설명하면 양육과 가사는 누군가의 혼자 일이 아닌 함께하는 일입니다. 아직 100% 이해하지 못한 거 알지만, 같이하는 거 알죠? 그래야 행복합니다.

PART 3

실낱같은 가능성을
만들어 가는 우리

가정의 단합과 화목은 정말 중요한 명약이다. 우리 가족은 자연스럽게 역할 분담을 하였다. 어머님은 도훈이뿐 아니라, 도연이와 우리 부부의 떼쓰는 것을 모두 다 받아 주신다. 도연이는 도훈이가 조금 뒤처질 때 누나처럼 도훈이를 이끌어 주는 역할을 했다. 그런 사랑과 헌신이 있었기에 우리가 행복하게 살아가는 것이라 생각한다.

화합된 가정의 힘

　내 남편을 낳아 주시고 길러 주신, 나의 시어머님이자 도훈이에게 한결같은 사랑을 주시는 우리 신복남 여사님께 먼저 너무도 감사하다는 인사를 드립니다.

　우리 어머님은 진짜 천사 같은 분이시다. 40년 거주하셨던 정든 삶의 터전을 도훈이를 위해 이사를 감행해 주셨다. 동네 이웃과 교회 교인들과의 관계보다 손자 도훈이를 위해 지난해에 새로운 동네로 이사를 함께해 주셨다. 아버님을 하늘나라로 먼저 떠나보내고, 도훈이를 바라보며 우울증을 극복했다고 하신다. 그만큼 도훈이는 할머니에게 엔도르핀 같은 존재다. 우리 부부가 아들의 자폐진단을 받고 우울감과 좌절에 빠져 있을 때, 어머님은 모두 기도하고 노력하여 같이 키워서 이겨 낼 수 있다고 용기를 주셨다. 그래서 모든 일 제쳐 두고 도훈이와 도연이 일이라면 발

벗고 나서 주신다.

사실 이러한 가정에 남편은 늘 럭비공 같은 캐릭터였다. 물론 지금도 어디로 튈지 모르는 피터팬 콤플렉스를 갖고 있다. 허나 지금은 내가 그 날개를 꺾어 버려서 이젠 날지 못한다.^^ 그래도 마음만은 피터팬으로 살고 싶다는 남편이 셀프 고해성사 후 우리 가정을 위해 마음을 다잡았으니, 우린 더욱 단단한 가족애를 실천하게 되었다. 나는 이러한 남편에게 숨 쉴 구멍을 하나 만들어 주었다. 결혼할 때부터 대학원을 가고 싶다 했던 남편에게 등록금을 지원해 준 것이다. 물론 그 과정도 쉬운 결정은 아니었지만, 본인 전공 분야에서 노력하며 살고 싶다는 내 남편. 술 먹겠다는 것도 아니고, 비싼 외제차를 사겠다는 것도 아닌 진짜 해 보고 싶다 하는 거니 '옛다, 받아라' 하는 마음으로 대학원을 보내 주었다. 그랬더니, 어머나!

'우리 남편이 달려졌어요.'

'이젠, 도훈이만 좋아지면 된다!'

직장과 학업, 그리고 육아까지 병행하는 게 쉽진 않지만, 그 전보다 훨씬 더 아이들과도 잘 놀아 주고 자기의 역할을 퍼즐처럼 잘 맡아서 찾아 들어가기 시작했다. 남편의 변화로 우리 가정은 보다 화합되고 서로를 의지하는 마음을 늘 공유했다. 남편 출장길에 스케줄을 맞춰 여행도 자주 다니고, 그 여행길에서 어머님과 늘 함께하며 우리의 삶과 인생에 대해서 집에선 하지 못했던 이야기들을 나눴다. 도훈이와 쌍둥이 여동생 도연이를 바라보는 서로의 관점, 세 명의 양육자가 생각하는 아이들의 모습, 그리고 각자의 삶에 대해서 진지하고 유머러스하게 많은 대화를 나누었다. 물론, 그 과정에서 의견 차이로 인해 충돌도 있었지만, 목적지는 가정의 행복과 도훈이의 발전이었기에 서로를 이해하려 했다.

가정의 단합과 화목은 정말 중요한 명약이다. 수십 수백 가지 좋은 치료와 수업보다 훨씬 더 필요한 부분이다. 발달장애를 비롯해 장애 아이를 키우는 많은 가정에서 다툼이 일어나곤 한다. 인간이 싸움을 일으키려면 말도 안 되는 시비를 잡아서라도 싸움을 건다. 장애가 있든 없든 아이를 키우는 모든 가정은 늘 지쳐 있다. 시한폭탄처럼 터질 날만 기다렸다가 폭발하는 부모의 감정, 사실 우리 가정은 시어머님의 큰 우산과 같은 보살핌으로 그 위기를 많이 극복했다. 도훈이뿐만 아니라, 도연이와 우리 부부의 어리광과 떼쓰는 것을 모두 다 받아 주는 역할을 해 주신다. 그런 사랑과 헌신이 있었기에 우리가 행복하게 살아가는 것이라 생각한다.

우리 가족은 자연스럽게 역할 분담을 하였다. 아이들의 연령대별 책임 파트가 변경되었지만, 양육자 3명은 언제든 도훈이의 보호자로서의 역할을 함께하였다. 도훈이 치료수업 및 교육과 신체 활동, 씻기기 등은 우리 부부가 도맡아서 하였지만, 식단은 철저히 어머님이 도맡아 주셨다. 워킹맘으로서 난 늘 아침이 바빴다.

그리고 야근도 많다 보니 우리 식구의 끼니는 자연스럽게 어머님이 감사히도 맡아 주셨다.

할머니표 식단에 우리 가족의 입맛은 여전히 어머님 교향인 충청도 청주 스타일이다. 늘 구수하고 정이 넘친다. 그래서 도훈이가 편식이 적은 편이다. 두부가 들어간 된장국은 예나 지금이나 도훈이가 잘 먹는 메뉴이다. 삼시세끼 먹여도 끼니 해결이 가능한 카레는 순한 맛부터 매운맛까지 이어졌고, 자연스럽게 어른 입맛에 적응하기 위해 안 매운 김치부터 일반 김치까지 적응시켰다. 처음엔 고기를 좋아했다가, 이빨에 고기가 껴서 불편함을 느낀 후부턴 고기를 먹지 않게 되다 보니, 자연식에 가까운 식사가 이루어지게 되었다.

도훈이의 먹성은 좋은 편이다. "밥 먹자"라는 말이 떨어지면, 어김없이 1번으로 식탁으로 달려든다. 우리 집에서 입이 가장 짧은 사람은 남편인데, 남편보다 밥을 잘 먹는다. 도훈이도 적당한 편식은 있다. 안 먹는 건 절대 안 먹는다. 다행히 그런 음식이 대다수 인스턴트 음식이다. 라면, 국수, 오뎅 등 간편히 먹었으면 하는 음식들을 거부한다. 어린이집과 유치원 선생님들의 증언에 의하면 배고프면 아주 조금 먹는다고 하셨는데, 집에서는 거의 먹질 않는다. 그만큼 건강한 식생활이 잡힌 것이라 생각한다.

나는 아이의 스케줄과 교육을 담당했고, 남편은 놀아 주기와 목욕, 치료수업 셔틀과 기록을 담당했다. 사실 우리 부부가 책을 쓰기까지 남편의 준비가 없었으면 엄두도 못 냈을 것이다. 서로 치료수업을 교차해 다니며 기록하고 공유해서 선생님들의 피드백을 서로가 똑같이 알 수 있게 노력했다. 그렇다 보니 누구랑 수업을 갔다 오든 우린 같은 수준의 발달, 생활수준을 알 수 있었다. 한 사람만 아이의 상태를 체크할 경우 누락되는 부분이 발생할 수 있기에, 아이의 상태와 발전 단계를 수시로 더블 체크하였다.

그리고 우리 부부는 가급적 세미나, 교육, 최초 치료 상담 시에는 같이 다녔다. 시간이 많아서가 아니라, 어떤 선생님과 함께할지 알아보고 부부가 함께 양육자라는 모습을 보여 주기 위함이었다. 많은 친구들이 부모의 손이 아닌 돌봄 선생님의 손에 이끌려 치료실, 센터 등에 다니는 모습을 많이 봤다. 물론 불가피한 상황이었기에 제3자의 도움을 받는 것이겠지만, 선생님들로부터 피드백을 받고 보완하고 노력하는 것은 부모의 몫이 아닌가? 그래서 우린 여전히 일주일 중 수차례를 서로가 번갈아 가며 도훈이 수업과 선생님들과 면담을 하고 있다.

우리는 아직 정부가 지원하는 활동보조 선생님의 도움을 받진 않았지만, 다른 선배 어머님들의 의견을 들었을 때 좋은 활동보조 선생님을 만나는 것 또한 아이에게 아주 매우 중요한 부분이라고 한다. 잠시 활동보조

선생님에 대해 언급하자면, 간접적으로 만난 대다수의 활동보조 선생님들은 발달장애 아이들을 반전문가 수준으로 케어해 주셨다. 많은 아이들을 지도·관리하면서 자폐 성향의 아이들의 장단점, 그리고 개선해야 할 부분 등을 말씀하시곤 한다. 정말 좋은 선생님을 만나면 엄마 아빠보다 더 좋은 케미를 보여 주는 경우도 있다. 한편으로는 처음 발달장애를 경험하는 부모들보다는 훨씬 더 많은 지식과 정보, 그리고 노하우를 갖고 계시기도 하다. 이런 노하우는 사실 기록되진 않지만, 장애 가족을 위한 시스템과 제도화를 통해 지원서비스 체계가 유지되면 어떨까 하는 생각을 해 본다.

나는 슈퍼 워킹맘!
엄마 vs 선생님

　나는 유치원 선생님은 힘들지만 행복한 직업이란 생각을 종종 했다. 천사 같은 눈망울로 하염없이 선생님을 사랑해 주는 아이들을 매일 만날 수 있기 때문이다. 그런데 가끔은 아이들과 우리 도훈이의 차이가 느껴질 땐 괴롭고 힘든 마음이 생기곤 했다. 물론 쌍둥이 여동생 도연이와의 차이도 보였지만, 동급생 또는 어린 연령 아이들과의 차이가 느껴질 때는 근무를 하면서도 온통 도훈이 생각만 난 적이 한두 번이 아니다. 그런 힘듦은 아이의 성장 과정 차이에서 느껴지는 감정도 있었지만, 워킹맘과 엄마로서의 갈등이 나에겐 큰 내적 싸움이었다.

　3년간 어린이집을 다닌 쌍둥이들이 6살이 되었을 때 많은 고민 끝에 내가 근무하는 유치원으로 데리고 왔다. 정확히 말하면 사립학교 유치원으로서 인근에서는 인기가 있는 편이었고, 교직원 특례입학은 허용되지 않았기에 우리 아이들도 다른 아이들처럼 추첨을 통해 운 좋게 입학하였다. 그리고 2년간 유치원에서 나와 같이 생활을 하였다. 다행히도 교직원 복지 차원에서 많은 배려가 있어 가능했고, 실제적인 도움도 많이 받았다. 지금은 아이들의 유치원 졸업과 동시에 나 또한 유치원을 고민 끝에 사직하고 초등학교 생활 보조에 전념하고 있다.

유치원 시절 우리 쌍둥이들은 교사 엄마인 나와 똑같이 동선을 함께했다. 내가 출근할 때, 아이들은 등원을 했고, 내가 퇴근을 해야 같이 하원을 하는 직장인 스케줄을 소화했다. 물론 남편이 이따금 아이들의 등·하원 스케줄을 협조해 주었지만, 나의 동선에 아이들이 함께 이동했다. 후에 도훈이의 수업, 치료와 초등학교 입학을 위해 이사를 했지만 매일같이 차로 왕복 1시간 이상 되는 거리를 함께하였다. 서울의 아침 교통체증은 나라님도 어찌할 수 없는 게 아닌가? 아이들에게 아침엔 무조건 밥 한 숟가락을 먹여야 하시는 할머니의 마음과 출근 시간을 지켜야 하는 나의 바쁜 마음에 아침마다 늘 대립각이 세워지곤 했다.

하루는 유치원 행사로 인해 바쁜 출근이 필요했던 날이었다. 잠이 덜 깬 두 꼬맹이들을 챙겨야 하는데 좀처럼 아이들이 내 마음같이 따라 주질 않는다. 모든 가정의 아이들의 등원·등교시간은 전쟁이 아니겠는가? 세수는커녕 자는 아이들에게 옷을 입히고 부랴부랴 업고 손을 질질 끌고 대문 밖을 나섰다. 늘 아침 시간에 쫓기는 탓에 우리 아이들에게 아침 준비라는 걸 제대로 교육시키지 못했다. 아침에 세수는 특별한 날에만 하는 거라 생각할 정도였으니 말이다.

유치원 행사 진행으로 꽃단장을 해야 하지만, 나에게도 그것은 사치처럼 느껴졌다. 또 약속한 출근 시간을 지키지 못할 상황으로 다가오고, 나는 송곳처럼 신경이 날카롭다. 징징대는 아이들을 차 뒷자리에 꾸겨 넣고 안전벨트를 착용시킨다. 주차장까지의 전쟁으로 나의 옷과 정신은 이미 넋이 나가 있는 상태다. 그때는 모든 상황이 나의 적이 된다. 아이들만 차 속으로 던져 놓고 나 혼자 아이들 책임지라 해 놓으면서 출근 핑계로 도망간 남편, 안전벨트란 올가미에 징징대는 두 아이, 내가 가야 할 직장까지 모든 상황들과 지금의 내가 원망스럽게 느껴졌다.

그럼에도 나는 슈퍼 워킹맘을 자처하며 운전하랴, 아이들 아침 식사 주먹밥 먹이랴, 화장하랴…. 그러곤 아무 일 없다는 듯이 환한 미소를 날리며 유치원에 도착했다. 아이들도 이런 상황에 익숙해져서, 유치원 교무실의 눈치를 보기도 했다. 눈치 빠른 도연이는 눈치껏 행동했지만, 태평천하 김도훈은 엄마가 급하든 말든, 유치원에 불이 나든 말든 나 몰라라 하는 싱글벙글 모습으로 미소만 날리는 것이 아닌가. 이러한 불편한 시선은 나의 조직에서 가끔씩 나를 위축시키곤 했다. 그리고 때론 도훈이로 인해 핑계 아닌 핑계도 만들곤 했었다.

물론 매일 이러한 불편한 상황만 있었던 건 아니다. 우리의 아침 출퇴근 차는 나와 아이들의 컨디션에 따라 침실이 되었다가 레스토랑이 되었다가 교실도 되기도 했다. 나에게 아이들과 행복했던 순간 중 하나는 평화롭게 오전 출근길에 차에서 아이들과 교감하는 것이었다. 특히 도연이는 출근길 차에서 나와 많은 대화를 나눴다. 모녀간의 시시콜콜한 대화를 나누고 도훈이는 간혹 아는 친구들 이름이 나오면 반응을 하는 수준이었지만, 유치원에서 있었던 이야기들을 출퇴근길에 두 쌍둥이들과 함께 나눈 것이 감사하기도 했다.

　도훈이가 장애 진단을 받고 난 후 우리 부부가 맞벌이를 하며 아이를 케어한다고 할 때, 엄마의 사회 활동에 응원해 주시는 분들이 많았다. 물론 생각 없는 엄마라고 의아해하는 분들도 계셨지만, 우리 가족 모두는 내가 유치원 교사로서 계속 활동할 수 있게 용기를 주었다. 그 덕분에 유치원에서 좋은 추억을 만들며 도훈이의 통합교육을 할 수 있었다. 엄마로서 일을 한다는 것은 나에게도 행복이었지만, 아이들에게도 엄마가 선생님으로서 다른 사람들에게 존중받고 있는 모습을 보여 주는 좋은 방법이었다. 특히 우리 도연이의 자존감을 높여 준 계기가 되었다.

아주 조심스레 추천을 해 봅니다. 특히 장애가 있는 가정이라면 아이와 함께 살아갈 수 있는 고민을 해 보세요. 삶이 조금 더 행복해집니다. 저희 가정도 아직은 목표를 이루지는 못했지만, 그 과정 속에서 충분히 더 행복을 느끼고 있습니다. 도훈이가 더 성장했을 때 함께할 수 있는 일로 무엇이 좋을지를 늘 준비합니다. 이건 특히 남편이 더 강력하게 강조하며 삶의 방향을 주장하기도 합니다.

이 세상의 모든 부모님들! 새로운 도전을 고민하신다면, 그리고 조금이나마 기회가 생기게 된다면, 나를 위해 아이를 위해 일을 다시 시작해 보세요. 크든 작든 목표를 세우고 준비하다 보면 아이의 자존감도 우리의 자존감도 더 회복될 수 있을 겁니다. 돈도 중요하지만, 함께할 수 있는 시간과 기대감으로 행복할 수 있다고 생각합니다. 분명 서로를 성장시킬 것입니다.

도연아, 고마워,
그리고 정말 사랑해

우리 아들 도훈이를 이야기할 때 야무진 쌍둥이 여동생 도연이를 말하지 않을 수가 없다. 1분 차이로 태어난 도연이는 우리에겐 너무도 사랑스러운 아이이며, 도훈이에겐 더할 나위 없이 좋은 친구이자 인생의 피스메이커이다. 배 속에 아이들이 있을 때, 산부인과 선생님께서 이런 질문을 하셨다.

"쌍둥이 중 누가 먼저였으면 좋으신가요?"

우리 부부는 당연히 남자아이가 오빠가 되었으면 좋겠다고 답을 하였다. 어른들 모두 그러하기를 기대했다. 의도하진 않았지만, 배 속에 자리 잡은 둘의 위치는 도연이가 아래, 도훈이가 위에 위치해서 자연스럽게 도훈이가 1분 오빠가 되었다. 제왕절개를 했기에 개복을 했을 때, 위에 있는 아이를 꺼내는 것이 이치라 했다. 그런데, 어디서 주워들은 소리로는 쌍둥이 중 밑에 위치한 태아가 먼저 수정해서 의학적으로는 서열이 먼저란다. 그래서 우리 부부는 도연이에게 농담처럼 가끔 이야기를 해 준다.

"도연아, 원래는 네가 누나인데, 도훈이가 거꾸로 누워 있어서 1분 먼저 세상에 나온 거야. 그리고 막둥이가 할머니, 할아버지와 엄마 아빠한테 사랑을 더 받는 거니깐 더 좋은 거야." 하고 말이다.

우리 도훈이의 발전에 있어서 다른 발달장애 가정과 치료실 등에서 가장 1등 공신이 누구냐는 질문에 공통된 의견이 있다. 조부모의 재정 능력, 가족 모두의 기도, 엄마의 노력, 아빠의 헌신보다도 더 좋은 건 쌍둥이 여동생 도연이의 역할이라 말한다. 이 둘은 엄마 배 속에서부터 지금까지 한 번도 떨어져 본 적이 없다. 어린이집 – 유치원 – 초등학교까지 통합으로 함께 생활하고 있다. 그래서 어른들이 가르치지 못하는 통합과 또래의 사회성 환경교육을 도연이를 통해 모방학습으로 따라간다.

먹는 것 빼고는 뭐든지 도연이가 도훈이보다 빠르다. 100일 이후부터 뒤집기, 기어 다니기, 걷기 등의 신체활동은 물론이고, 사물에 대한 호기심에도 늘 도연이가 먼저 도훈이가 나중이었다. 그래서 어릴 때부터 도연이는 오빠를 이겨 먹는 재미가 쏠쏠했다. 그럴 때마다 할머니나 우리 부부가 중재 역할을 했지만, 여전히 눈치와 행동이 두 단계 위인 도연이는 오빠를 늘 골려 먹곤 한다. 그러면서, 도훈이도 모방하고 배우는 게 확실히 느껴진다.

우리 도연이를 소개하면, 꿈 많고 하고 싶은 게 많은 친구이다. 핑크색을 좋아하고 세상에 나온 공주 캐릭터라면 모두 다 자기가 갖고 싶어 한다. 아무래도 오빠한테 손이 많이 가다 보니 상대적으로 소외감을 받은 것도 분명히 있다고 느낀다. 우리 부부도 이를 더 잘 알고, 도훈이 몰래 특별한 데이트나 기회를 제공해 준다.

　6살부터 도훈이는 도연이 따라쟁이가 되었다. 그래서 도연이가 좋아하는 장난감을 서로 갖고 논다고 싸우기도 했다. 그럴 때 우리 부부는 그냥 보고 웃기만 할 때가 많다. 도연이에겐 미안하지만, 도훈이가 경쟁을 알기 시작했다는 걸 느껴서이다. 그러면 도연이는 왜 오빠만 먼저 시켜 주고, 왜 오빠에게 기회를 더 주냐며 화를 내기도 한다. 그러면 남편은 도연이를 데리고 방으로 이동해 다른 놀이를 제시하며 밀당을 한다. 사실 도훈이의 반응을 살피기 위한 작전 지시에 가깝다.

　"도연아, 한번 져 주는 척하고 다음에는 도연이가 하자. 그럼 마트 가서 초콜릿 사 줄게." 하고 제안을 한다. 그러고는 도연이에게는 제안을, 도훈이에게는 순서와 양보를 알려 준다. 한 번은 도훈이, 두 번째엔 도연이가 하는 것을 알려 주고 순서를 정해 준다. 아주 어릴 땐 이러한 순서 정하는 게 안 되었지만, 유치원을 다니면서부터는 도훈이가 이해를 하여 지시 따르기가 가능해졌다.

　우리 부부는 학교 입학을 앞두고 이사를 하면서 각자의 방을 만들어 주었다. 도훈이 방은 내 마음대로 가구 배치와 인테리어를 했지만, 도연이 방은 도연이의 의견을 묻고 진행했다. 그 결과 도연이 방은 온통 핑크 물결이다. 장난감들도 핑크이고 이불이며 크고 작은 액세서리까지 핑크로 꾸며졌다. 조금씩 커 가면서 핑크에 대한 사랑이 떨어지는 게 보이지만, 핑크 사랑 후발주자로 김도훈이 성장하면서 여전히 우리 집안의 대세는 핑크빛 물결이다. 도연이가 아주 모범적이고 교과서에 나올 법한 어린이는 아니지만, 정도가 허용되는 범위 내에서는 아이들이 하는 행동과 언행은 모두 허용한다. 이유는 도훈이가 보고 따라 해야 하기 때문이다.

학교를 입학하고 난 두 아이들은 모두 보고 배우는 것 또한 많아졌다. 그럼으로써 간접적인 도훈이의 모방학습 능력도 늘어 가고 있다. 이 모든 것이 도연이가 있기에 가능한 이야기이다. 유치원 시절엔 알지 못했던 다이내믹한 방과 후 일상이 초등학생 부모에겐 벌어지고 있다. 도연이가 숙제가 있으면 도훈이도 같이한다. 둘을 경쟁 붙이듯 과제도 내곤 한다. 남편의 스포츠 경쟁 마인드는 늘 불꽃 튀는 결승전을 만들어 낸다. 물론 난이도가 다르지만, 1+1 프로모션처럼 도연이가 하면 도훈이도 해야 하고 도훈이가 하면 도연이도 해야 하는 긍정적인 상황들이 만들어지고 있다.

쌍둥이지만 두 아이의 성향은 다르다. 도훈이의 우직함은 엄마인 나의 성격을 더 닮았고, 도연이의 새치름함은 아빠를 더 닮았다. 남편은 그래서 도연이의 심리 상태를 더 많이 이해할 때가 있다. 어떠한 상황이 발생했을 때, 남편에게 왜 도연이한테 그런 행동과 말을 했냐고 물어보면, 본인은 그 마음을 알기에 나오는 다른 행동과 말을 했단다. 왜 그러냐는 내 물음에 남편은 "내가 어릴 때 저런 것 때문에 고민 많이 했던 스타일이기에 무슨 마음인지 알 것 같은데?"라며 이야기한다. 그만큼 도연이는 더 섬세한 마음을 갖고 있다고 늘 나한테 조언한다. 예민하고 민감하지만, 그 안에는 분명 섬세함이 공존한다면서.

우리 섬세한 도연 씨는 아이돌도 되고 싶고 유치원 발레 선생님도 되고 싶어 한다. 그렇다고 뛰어난 운동신경이 있진 않지만, 흥이 많아 노래 부르고 춤추는 걸 좋아한다. 남편은 S.K.Y 대학은 근처도 안 가도 되고 평생 아빠랑 즐겁게 놀면서 성장하기를 기대한다. 본인은 공부하란 잔소리 없는 부모님 밑에서 성장하여 적당히 놀고 즐기고 노력하며 잘 살고 있다면서, 교육에는 크게 관여하지 않는다. 그래서 도연이가 아빠랑 한글 공부하고 노는 걸 좋아하기도 한다. 이유는 아빠의 지도 방법이 아이에겐 말랑말랑하기 때문이다. 도연이가 살살거리면서 아빠를 설득해서 놀 시간을 궁리하는 모습이 귀엽기만 하다.

우리 가족을 잘 아는 많은 분들이 도연이를 걱정해 주신다. 도훈이의 장애로 인해 관심이 도연에겐 상처가 될 수 있고, 만약 상처가 생길 경우를 예방하고 대처 방안까지 분명히 준비할 것을 당부한다. 그래서 다수가 다른 학교를 보내어 서로가 자립심도 키우고 자기만의 생활 영역을 만들어 줄 것을 권장하였다. 그러나 우리 부부는 최종적으로 같은 학교를 보내기로 결정했다. 다만, 도연이에게 그 의견을 충분히 물어봤다. 물어보는 것 자체가 시험에 들게 하는 것 아닌가 생각이 되었지만, 중요한 결정인 만큼 신중하게 접근했다.

도연이는 오빠의 돌발 행동이 짜증나고 서운한 게 분명히 많다고 했다. 그리고 상대적 소외감도 인지하고 있었다. 하지만, 오빠랑은 떨어지고 싶지 않고, 같은 반만 하지 않게 해 달라고 부탁했다. 분명히 도연이도 지근거리에서 오빠를 살펴보는 역할을 해야 한다는 생각에 한편으로는 부담도 갖고 있었다.

아이들이 유치원 2년을 다닐 때 둘을 같은 반에 배정하여 통합 교육을 시켰다. 그럴 때마다 도연이는 늘 오빠를 챙기듯 안 챙기듯 생활하였다. 유치원 담임 선생님이나 부담임 선생님들은 학부모 겸 동료 교사인 나에게 하루하루 피드백을 주셨다. 도훈이의 부족함을 챙기는 도연이의 기특함과 곧잘 따라 하려는 도훈이의 모습을 중계하듯 설명해 주시곤 했다. 너무도 감사한 하루하루로 기억한다.

유치원에서도 도훈이의 부족함은 여전했다. 선생님들의 지도 하에 다른 아이들도 도훈이를 챙기는 경우가 많았다. 도연이가 좀 더 자유롭게 생활할 수 있게 해 주신 담임 선생님들의 배려였던 것이다. 유치원에서 생기발랄 도연이는 자기만의 생활과 놀이에 흠뻑 빠져 생활했다. 하지만, 도훈이가 조금 뒤처질 땐 어김없이 나타나 누나처럼 도훈이를 이끌어 주는 역할을 했다. 이러한 도연이의 모습을 선생님들은 모두 칭찬을 해 주셨다. 사실 도연이도 이러한 칭찬에 티를 크게 내진 않고 제3의 예비 보호자 역할을 함께한 것이다.

서로 경쟁 관계일 때도 우위 관계일 때도 있는 쌍둥이 남매는 유치원에서의 2년간의 시절에 확실히 많이 성장했다. 어린이집 3년은 천방지축 아무것도 모르고 다닌 마냥 즐거운 시간이었다면, 유치원 2년은 나와 오순도순 깊은 교감을 나눈 시간이었다. 도훈이야 묻는 말에 단답형 대답만 겨우 가능했지만, 도연이는 하루도 쉬지 않고 나와 대화하는 것을 즐겼다. 유치원 교무실을 자기 방 돌아다니듯 다니면서 유치원의 온갖 이야기들을 주워들었다. 선생님들의 가정사나 연애사도 주워들을 정도였으니, 어쩌면 어른들 세계에 일찍 눈을 뜬 건 아닌가 싶기도 하다.

아무래도 엄마가 유치원의 교사로 근무하면서 도연이의 유치원 생활에 많은 영향을 끼쳤다고 생각한다. 같은 공간에서 함께하는 도훈이의 부족함이 부담은 되었으나, 든든한 지원군 엄마가 늘 곁에 있었으니, 늘 씩씩하게 생활할 수 있었던 것 같다. 한편으로는 더 까불고 즐겁게 장난치며 생활할 수도 있었으나, 교사의 자녀로서 어쩌면 모범생 역할을 해야 하는 스스로의 울타리도 갖고 있었을 것이다. 이러한 도연이가 시간이 지나도 정말 기특하게만 느껴진다.

우리 도연이는 확실히 여성스러운 아이다. 시샘도 많고 정도 많은 막내로서 한마디로 정의하면 엄마 껌 딱지이다. 언제 어디서나 엄마를 찾는다. 자다가도 옆에 없으면 매미처럼 계속 울면서 밤이건 낮이건 내 품으로 들어오는 막둥이다. 그런 도연이가 오빠에 대한 관심과 애정이 상대적으로 많다는 걸 알게 된 후 확실히 요구 사항이 많아졌다. 오빠의 치료수업을 한두 번은 무조건 따라간다. 엄마가 오빠랑 무슨 수업을 함께하는지, 오빠가 어떤 곳에서 어떤 선생님과 처음 만나는지 모든 게 궁금한 호기심 소녀이다.

그리고 왜 오빠가 그 수업을 하는지 물어보고, 본인도 해야 하는 것 아니냐며 질문을 던진다. 그러고는 꼭 따라가 본 후 본인이 판단할 때 좋은 곳이라 생각되면, 그와 비슷한 수업이나 프로그램을 하겠다고 요청해 온다. 도훈이가 치료수업을 받는 그곳에는 도연이에 맞는 프로그램이 없는 경우가 많지만, 본인도 그에 걸맞는 수업을 하겠다고 의견을 피력하며 수업을 진행한 경우도 있다. 물론 스케줄상 맛보기로만 참여하고 대다수 길게 유지되지는 못했지만, 그마저도 안 하면 소외받는다고 생각하는 어린 마음에 상처를 줄 것 같아 그 마음을 헤아리려 노력하고 있다.

최근에는 우리 도연이 같이 장애가족 형제자매를 위한 프로그램도 늘어나고 있다. 우리도 도연이와 장애가족 은평 장애인가족

지원센터에서 형제자매를 위한 프로그램에 참여한 적이 있다. 그 프로그램을 통해 동변상련의 가족도 만나게 되고 어떤 이유로 수업을 기획했는지에 대해 알게 되어서 앞으로도 자주 참여하고자 한다. 장애 아이를 키우는 보호자도 많은 어려움을 이겨 내고 있지만, 형제자매들이 겪는 가정에서의 소외감, 시기, 질투와 교우 관계에서의 소극적 행동 등은 보호자가 꾸준히 관심을 두어야 하는 사안이다.

그래서 가정엔 도연이의 장난감이 조금 더 많다. 우리 부부의 시간과 관심이 아무래도 도훈이에게 많이 가 있고 양가 조부모님들 역시 도훈이를 바라보는 시선이 더 많으시다. 그래서 남편은 몰래몰래 도연이에게 상대적으로 물질적 보상을 많이 해 주고 있다. 도연이 방엔 블링블링한 장난감과 인형들이 넘쳐난다. 갖고 노는 것은 일부지만, 소유만으로도 그 허전함을 충족하는 것이다. 물론 이런 패턴이 완벽한 솔루션이라고 볼 수는 없지만, 도가 지나치지 않는 수준에서 그 마음을 달래 주는 카드로는 적절한 방법으로 제시하고 있다.

남편은 도연이가 지치면 우리 집안 모두가 더 힘들어진다고 막내딸은 더 챙기려 한다. 물론 애교 넘치는 막내딸에게 안 넘어갈 아빠가 어디 있겠는가? 도연이의 긍정적인 행동과 생활모습이 도훈이에게 더 많은 직간접 효과를 준다는 것을 늘 염두에 둔다. 몇 번의 장난감 소비 행각이 들통 난 후에 남편이 도연이랑만 둘이 데이트하러 나간다고 하면 살짝 겁이 나기도 하여, 불필요한 장난감 사 오지 말라고 당부한 적이 한두 번이 아니다. 아무리 몰래 들어오려 한다 해도 금방 탄로 났지만, 그 둘은 이를 은근 즐기고 있었다.

남편도 비싼 건 사 줄 엄두를 못 내고 스티커나 캡슐 장난감 뽑기 등으로 그때그때 기분을 맞춰 주었다. 그런 장난감이나 캐릭터들은 관심 주기가 1회성과 가깝다. 그래서 임시방편용이기에 서랍장에 들어가기 일쑤였다. 이런 문제를 이야기했더니, 언젠가부터는 아예 도연이랑 협상을 통해 바깥놀이 후 인터넷으로 적당한 장난감을 구매하는 게 아닌가? 일시방편용 충동구매보단 나은 선택인 것 같지만, 그 둘의 잔머리 진화는 매일매일 발전하고 있다.

도연이가 그린 행복한 우리 가족

커서 뭐가 되고 싶은지 묻는 질문에 많은 꿈이 있지만, 그중에 하나가 선생님이다. 유치원 교사로 일하는 나의 모습을 자랑스럽게 생각했던 도연이는 오빠 도훈이에게도 여전히 좋은 예비 선생님의 역할을 해 주고 있다. 도연이의 큰 역할 중 하나는 신체활동의 예비 선생님 또는 스파링 파트너이다. 쌍둥이 아빠는 늘 아이들과 신체활동 놀이를 해 주려고 궁리한다. 이때마다 먼저 도연이를 연습시키고 도훈이가 따라오게끔 유도 한다. 남편 기준으로 도연이가 또래 아이들에 비해 운동신경이 좋은 편은 아니다. 그래서 도연이에게 선행 학습을 해 준 후 도훈이의 모방 학습을 유도하곤 한다.

아빠가 체육 선생님으로서 해 줘야 하는 역할이 있기도 하지만, 상대해서 겨뤄야 하는 게임일 때 도연이는 늘 도훈이의 스파링 파트너가 된다. 달리기, 씨름, 씽씽카 대결, 축구 등 남편은 시도 때도 없이 둘을 섞어서 경쟁을 붙여 놓곤 한다. 대다수 도연이가 이긴다. 도연이는 늘 오빠를 이겨서 칭찬받아 신이 난다. 하지만 도훈이도 도연이의 승리의 환호에 '1등', '승리'에 늘 목말라한다. 가끔은 도훈이도 도연이를 위협할 만큼의 실력이 높아진 경쟁놀이도 있다. 결코 지면 안 된다는 도연이 vs 한 번은 이겨서 승리의 기쁨을 외치고 싶은 도훈이의 경쟁은 도연이에게는 분발을, 도훈이에게는 따라잡을 상대가 있음에 더욱 상호 발전하는 모습이다.

PART 4

좌충우돌 퍼즐 맞추기!

도훈이를 혼자 하고자 하는 일을 할 수 있는 사람으로 키워 사회 구성원으로 살아갈 수 있게 하자는 것이 우리의 목표 이다. 어림없는 목표일 수도 있다. 그러나 우리는 그 목표 를 위해 하루하루를 노력하고 있다. 그래서 중요한 시발점 하나가 통합교육에 대한 비율을 높여 사회 적응력, 모방학 습을 향상시키는 것이었다.

가정에서의 교육과 경험,
그리고 발전

　도훈이가 특수교육을 시작한 건 36개월 진단 후이다. 그 전까지는 교사인 나도 늦은 아이이길 기대하며 양육했고, 상태가 호전되길 기도했을 뿐이다. 그러나 진단 후 우리 가족은 보다 적극적으로 아이를 위해 공부하며 노력했다. 언어치료 방문 선생님을 시작으로 가장 첫 번째로 의자 착석을 가르쳤고, 여러 발달센터를 다니면서 아이한테 맞는 치료, 그리고 좋은 선생님을 만나려고 노력했다.

　어디서 그 효과가 나타났는지는 확신할 순 없지만 확실히 발전하고 있다. 가장 큰 발전 이유는 도훈이는 비장애 아이들과 늘 함께 통합교육을 했고, 그 결과 제법 사회성을 몸에 익힌 것이라 생각한다. 자폐 성향을 가진 아이들에게 조금 더 특별한 능력(서번트)이 있는 경우도 있다 하여, 혹시 우리 아이에게도 서번트가 있는지 유심히도 살펴보았다. 그런데, 아직까지 뚜렷한 서번트 능력까진 찾을 순 없고, 다만 조금 더 관심이 많고 기억을 잘하는 부분은 확실히 있다는 것을 알게 되었다.

초등학교에 입학한 지금도 여전히 한글 공부에 여념이 없다. 우리의 선조 세종대왕님이 만들어 주신 한글의 독창적이고 과학적인 구조가 아직 우리 아들에게는 어려운가 보다.^^ 자음, 모음의 인지보다는 글씨 하나하나를 그림으로 형상화해서 읽고 있다. 이는 유치원을 다니는 비장애 7세 이하 어린이들에게도 나타난다. 자음모음의 연결고리를 이해하지 못하는 친구들은 가장 먼저 그림처럼 글씨를 이해하고 어떤 경우에는 이를 통째로 외우는 친구들도 있다.

마치 우리가 영어 단어를 외우는 것과 흡사하다. 외국어인 영어 단어를 외울 때 단어의 발음기호까지 다 조합하여 외우는 경우는 드물다. 그냥 'LOVE'를 '러브'라고 읽으라고 하니깐 LOVE(러브)라고 읽는 것이다. 한 글자로 만들어지기 위해선 모음과 자음이 연결되어야 한다. 그래서 모음·자음 카드를 만들어 집에서 교육을 진행하고 있다. 그런데도 여전히 그림화하여 글자를 이해하고 있다.

상대적으로 숫자는 금방 익혔다. 1부터 100까지 도연이보다 더 빨리 읽고 쓰기를 했다. 유치원에서 달력을 통해 매일 매일 반복적으로 숫자 공부를 진행했고, 언어 및 인지 수업치료 때 수에 대한 수업이 진행되었다. 숫자도 분명히 그림처럼 익히고 쓰고 말한다. 십 단위까지 쓰고 읽음을 보면 분명히 인지는 있는데, 어떻게 이를 더 발전시켜 줘야 하는지는 늘 고민이다. 하나 걱정되는 부분이 있다. 금방 터득한 것을 끝까지 기억을 할까? 인지와 기억에 대한 부분이다. 도대체 어디서부터 어디까지를 기억하는 건지 가늠이 안 된다.

발달장애 치료 프로그램 중 많은 사람들이 선호하는 것 중에 하나가 ABA프로그램이다. ABA의 핵심 중 하나는 즉각적인 보상으로 인한 장점 끌어올리기이다. '칭찬은 고래를 춤추게 한다'는 표현처럼 보상심리를 끌어올려 아이의 교육에 접목시킨다는 내용이다. 고민을 했다. 과연 도훈이가 가장 좋아하는 보상은 무엇일까? 3살에서 4살 시절엔 야쿠르트가 그 역할을 했고, 인지가 발달한 후에는 핸드폰이 그 역할을 했다. 하지만, 두 개 모두 한계를 갖고 있기에 적절한 안배가 필요했다. 하루에 수십 개의 야쿠르트를 먹어치운 날도 있었으니, 그 보상의 한계는 충치란 결과물로 나타난 아픈 기억이 있다. 하루하루 발전하는 아들을 보며, 오늘은 어떤 보상으로 도훈이를 끌어올릴 것인가 고민한다. 지금은 초등학생이지만, 중학생이 되고 사춘기도 오며 성인으로 성장할 아이의 내일을 생각한다.

ABA프로그램 관련 서적과 강의를 들어 보면서, 도훈이한테 적합한 교육 방법을 접목시키려 했다. 뭐든 좋은 것이 있다 하면,

남편과 나는 시간을 할애하여 장점을 찾아내려고 노력했다. 그림 카드를 통한 인지 향상, 단어 습득 등 많은 시도를 했다. 부담임 역할을 맡은 남편도 나름 흥미를 갖고 오리고 붙이고의 유치원 놀이에 흠뻑 빠지며 아이와 함께 했다. 그중에 도훈이가 일상생활에서 좋아하는 사물에 대한 그림 단어카드는 늘 유효했다. 글자와 단어, 그리고 생활 속 실제 사물을 이미지화하여 익히는 놀이를 만들었다. 그림카드를 들고 오면 그 욕구를 들어주는 놀이를 했다. 자기표현을 이끌어 내는 데 많은 도움이 되었다.

하루에 한 가지 학습 목표를 세웠던 적이 있다. 모든 상황과 하루하루가 배움의 연속이라 생각한다. 그런데 학습적으로 하루에 새로운 한 가지를 가르치는 게 쉽지 않았다. 배웠던 것의 복습이 다수였고, 새로운 것을 가르치는 데에는 많은 어려움이 따랐다.

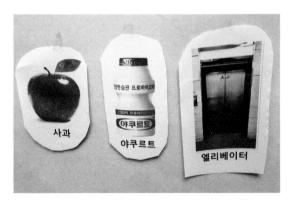

도훈이의 자발화 및 표현을 이끌기 위해 수시로 사용했던 그림카드

이건 단순히 책상 앞에서 가르치는 것만은 아니었다. 생활 속에서의 모든 상황을 새로운 학습이라 판단했다. 옷 입고 벗기, 바지 내리고 오줌 누기, 칫솔질하기, 우유 열고 빨대 꼽고 먹기 등 뭐든 일상이 가르침의 연속인 것이었다. 사실 도훈이에게 학습을 통해 교육적인 부분에서 발전을 기대하는 것보다 사회 속 적응을 위해 더 큰 미래를 보고 교육을 시키고자 노력한다.

어린 시절에 가장 어려웠던 부분 중 하나는 기저귀 떼기였다. 물론 지금 돌이켜 보면 도연이랑 별반 다른 게 없었다는 생각이 들기도 하고 조금 시기가 늦었다 생각되지만, 36개월 전후의 생활환경에서는 가장 고난이 아닐 수 없었다. 소변은 쉽게 해결했다. 우리의 어머님들이 했던 방식처럼 집에서 바가지 들이대고 '쉬~쉬~' 했더니 몇 번 만에 자연스레 소변은 구분하기 시작했다. 어린이 소변기도 한몫했다. 화장실 앞에 도훈이용 어린이 소변기를 세워서 소변 후 물 내리는 재미를 알려 주었다. 물론 바지, 이불 등에 수십 차례 실수를 범했지만, 그 정도야 애교라 생각하고 넘겼다.

그런데, 대변이 문제였다. 다수의 아이들과 유사하게 큰일을 볼 때 꼭 혼자만의 장소에 가서 해결하곤 했다. 기저귀에 묵직한 덩어리를 떨어뜨리는 느낌을 분명히 느끼고 있었다. 소변을 가리기 시작했는데, 대변 때문에 기저귀를 채울 수도 없었다. 대소변을 모두 한 번에 가리기 위해 기저귀를 안 채워 보기도 했다. 소변이야 이해했지만, 대변의 사고는 대형 사고였다. 죄송하게도 집에서 사고를 마주하는 사람은 늘 시어머님이셨다. 몇 번의 대변 대형 사고는 온 집 안에 흔적을 남겼고 다시 기저귀를 채울 수밖에 없었다.

유아 좌변기도 종류별로 샀다. 소리가 캐릭터 좌변기, 물 내리는 장치가 있는 좌변기, 이동식 좌변기까지 온갖 좌변기는 공수해서 시도했다. 배가 아프다고 징징거릴 때마다 좌변기에 앉혀 봤지만, 정작 힘을 줘야 할 때 대변을 싸지를 못했다. 힘을 주는 방식을 몰랐던 것이었다. 도훈이는 조용한 곳에 가서 묵직하게 기저귀에 떨어뜨리는 것만 하려 했고, 기저귀를 안 채우는 날에는 대변을 못 쌌다. 똥을 못 싸니 얼굴이 점점 노랗게 변해 갔다. 다시 기저귀를 채우면 어김없이 한 바가지 응가를 해결하곤 했다. 나중에는 기저귀를 가져와서 채워 달라고 대변 신호까지 보내기도 했다.

안 되겠다 싶어 하루는 시어머님껜 양해를 구하고 화장실 좀 어지럽히겠다고 말씀드렸다. 이유는 남편과 관장약을 넣어 보기로 한 것이었다. 그냥 자연스럽게 두자는 남편과 기저귀 값도 아끼고 어머님 좀 더 수월하게 애 보실 수 있게 기저귀는 해결하자 했던 나의 관점의 차이에서 결국엔 시도를 해 보기로 했다. 어김없이 배가 아프다고 기저귀를 들고 다니는 김도훈. 남편은 화장실로 아이를 끌고 가 옷을 홀딱 벗기고 다짜고짜 관장약을 항문에

밀어 넣었다. 처음엔 관장약 투약을 반대했던 애 아빠는 무식하게 다섯 통을 사 와서는 케케묵은 것까지 다 빼내려면 많이 넣어야 한다고 했다. 아무것도 모른 채 이유 모를 봉변을 당한 아들은 이상한 느낌에 울기 시작했다.

사실 작은 용량 한 통 넣기도 쉽지 않았다. 그러고선 바로 양변기에 앉혔다. 도훈이가 좋아하는 야쿠르트 하나 쥐어 주고, 먹으면서 울게 했다. 몇 분이 지나지 않아 아이의 눈이 동그랗게 커지면서 더 울기 시작했다. 아마도 몸속의 이상 신호가 짐작된 느낌이었다. 그러더니 요란한 소리와 냄새를 풍기며 대변을 쏟아 내기 시작했다. 남편과 서로 하이파이브를 하면서 얼마나 좋아했던지. 도훈이는 좌변기에서 처음 대변을 본 게 패턴이 무너져서 속상했는지, 아니면 느낌이 이상해서 속상했는지, 그도 아니면 배가 아파서였는지 대변을 쏟아 내며 야쿠르트는 먹으며 울기 시작했다. 그 울음에 대한 이유는 모르지만, 우리는 마냥 기뻤다. 1차 성공을 했다는 자신감을 갖게 되었다.

첫술에 배부른 순 없었다. 그리고 몇 차례의 관장을 진행했다. 그 후로 집에선 어떠한 일이 있어도 기저귀를 채우지 않았다. 남편이 사 온 다섯 통 중 1~2통이 남아 있던 날, 도훈이도 드디어 좌변기에 앉아서 대변을 보기 시작했다. 기저귀 값을 아낀다는 기쁨도 있었지만 사실은 도훈이도 비장애 아이들과 같이 대처해도 적용 가능한 게 있다는 것에 희망을 느낀 육아 도전기였다. 이

후 포크에서 보조젓가락, 양치질, 목욕 등 반드시 도움이 있어야만 가능하다 생각했던 것들도 조금은 느리지만 천천히 기다리며 시도한 결과 불가능이란 없다는 걸 경험하고 있다. 누가 봐도 속도는 느리지만, 꾸준히 시도하면 완벽하진 않더라도 분명히 희망과 결과를 얻는다는 거다.

도훈이가 외부 수업을 받는 데 있어, 가장 필요한 선결학습이 차량 탑승이었다. 강남 대치동 학원가 앞의 차량 행렬을 나는 충분히 이해한다. 그만큼 학습 지원에 기동력이 중요하기 때문이다. 우리도 도훈이 수업 참여를 위해 남편과 각각 차를 갖고 이동하였다. 경제적 부담에도 불구하고 지금도 아이들의 이동을 위해 어쩔 수 없는 좋은 선택이라 생각한다. 도훈이가 한때 강한 반항이 있었던 것이 이유 모를 교통수단 탑승 거부였다. 대형버스와 지하철은 물론 모든 자동차의 탑승을 거부했다. 우리가 알지 못하는 트라우마가 있었던 것 같다. 차를 안 타려 하니, 이동이 안되고 수업에 지각 및 결석도 잦아졌다. 도무지 진도를 나갈 수가 없었다.

먼 거리를 걸어서 갈 수도 없는 노릇이니, 남편은 아들이 자동차랑 친숙해지길 기대하며 자동차 여행을 떠나곤 했다. 도훈이가 좋아하는 과자, 야쿠르트, 장난감을 가방에 넣고 도훈이와 단둘이 드라이브를 다녔다. 하루는 아빠 차, 하루는 엄마 차, 그리고 하루는 외할아버지 차를 빌려 타면서 차에 대한 친밀도를 높여 주었다. 도훈이에겐 당시 정해진 차만 타야 한다는 것이 교통수단의 패턴이었던 것 같다. 고정관념을 소거시켜 줘서 어떤 환경에서든 적응을 시켜 주는 게 목표였다.

어떤 주말 하루는 종일 차를 타고 이동하면서 도훈이랑 놀고 왔다. 차에서 간식도 먹고, 공원 구경도 가고, 차와 운전하는 보호자의 편안함을 알려 주었다. 다음엔 남편 차로 주말엔 이동하고, 외갓집에 가서는 외할아버지 차를 중심으로 하루 종일 놀아 주는 일과를 보냈다. 수차례 노력으로 보호자가 허락하는 차를 잘 타는 아이로 변화하였다. 버스와 지하철도 탑승하면서 도훈이에게 무섭게 느껴졌던 커다란 바퀴괴물 자동차를 친근하게 접근시켰다. 매번 작은 자동차만 갖고 놀다가 큰 버스, 택시, 지하철 등 타는 게 익숙하지 않아 무서웠던 건 아닌가 싶다.

이제는 가장 최애 장난감이 버스와 지하철, 기차가 되었고, 아빠가 거실에 설치해 주는 기차레일 놀이에 온갖 인형을 태워 여행하는 놀이를 좋아한다. 그리고 집 앞을 지나가는 7019 노선버스를 타는 게 행복인 아이로 발전했다. 하루 이틀에 극복한 과제는 아니다. 꾸준한 시간을 두고 인내하며 조금씩 발전하는 기쁨을 느끼며 이겨 내는 지금도 여전히 과정 속에 있다.

도전! 완전통합교육에 대하여

장애 아이를 키우는 양육자의 입장에서 가장 필요로 하는 것이 무엇일까? 수도 없이 많은 고민이 있겠지만, 아이의 독립적 사회생활을 고민하지 않을 수가 없다. 우리 부부도 가장 먼저 큰 목표와 숙제를 여기에 두고 준비해 나갔다. 성인이 되기 전까지 앞으로 어떠한 무궁무진한 재미난 일이 생겨날지 모른다. 다만, 도훈이를 혼자 하고자 하는 일을 할 수 있는 사람으로 키워 사회 구성원으로 살아갈 수 있게 하자는 것이 우리의 목표이다. 어림없는 목표일 수도 있다. 그러나 우리는 그 목표를 위해 하루하루를 노력한다.

그래서 중요한 시발점 하나가 교육기관의 선택의 도전이었다. 우리 쌍둥이들은 동일한 교육기관에서 교육을 받고 있다. 어쩌면 맞벌이를 했던 우리에게는 자연스러운 선택이었을 수도 있다. 도훈이가 진단을 받기 이전부터 어린이집을 다녔고, 진단을 받은 이후에도 도훈이와 도연이는 똑같은 패턴 속에서 생활하였다. 물론 도훈이를 위한 추가 치료수업이 진행되었지만, 도훈이로 하여금 도연이와 같은 곳에 다니면서 생활을 해야 하고 함께해야 한다는 사고 관념을 만들어 주었다.

'어린이집의 이별 통보, 그러나 우리는 직진 앞으로!'

도훈이가 만 36개월에 진단을 받은 후 다니던 어린이 집에서 도훈이를 특수보육교사가 있는 어린이집으로 옮기면 어떻겠냐는 제안을 받았다. 어쩌면 제안이 아닌 통보였다. 특수교사가 없었기에, 아이 케어를 부담스러워하던 상황이었다. 어린이집에서 전학을 권고받으니, 이해하면서도 당황스러웠다. 좋은 의미에서 우리 가족을 잘 아시기에 배려 차원에서 말씀 주신 거지만 어떻게 해야 할지 선뜻 결정하기가 어려웠다.

당시 현직 교사로서 담임 선생님과 원장님의 입장이 충분히 이해되었다. 나도 유치원 교사로 근무하고 있었지만, 특수보육에 대한 이해도와 정보는 부족했다. 어린이집 원장님께서 특수보육 교사가 있는 주변 공립 어린이집들을 알아봐 주시고 도움을 주셨다. 우리 부부는 어린이집 원장님께서 추천해 주신 어린이집에 가서 상담을 받았다. 도훈이를 케어하기 힘드니 나가라는 소리처

럼 들리기도 했고, 진정 도훈이를 아끼는 마음 때문이라는 생각
도 들어 더욱 결정이 힘들었다.

우리 부부는 시어머님과 상의 후 고민 끝에 그래도 기존 어린이
집을 다니기로 결정했다. 생활패턴과 도연이와의 관계를 단절시
키고 싶지 않았기 때문이다. 두 번째 상담 때엔 우리가 원장님과
담임 선생님을 설득했다. 원장님과 담임 선생님도 우리 도훈이에
게 더 많은 신경을 쓰는 상황으로 인해 다른 아이들의 안전상의
문제가 발생하지 않을까 하는 원초적인 부분에서 말씀을 하셨다.

'유치원 교사인 내가 왜 그 상황을 모르랴.'

유치원에서도 한 아이의 돌발 행동으로 인해 교사나 관리자가
다른 아이들을 놓칠 수 있는 부분이 많다는 것을 늘 인지하고 염
려한다. 교사의 마인드로는 충분히 공감함을 인정하고, 보호자
의 입장에서 선생님들께 이해를 구하였다. 도훈으로 하여금 다른
아이들에게 신경을 뺏기는 부분이 있다면, 차라리 우리 도훈이를
내려놓아 달라고 말씀드렸다. 다만, 도훈이가 도연이와 친구들이
수업에 참여하고 함께 노는 모습을 보고 직간접적으로 보고 배울
수 있는 자리만 배려해 주셔도 좋다고 말씀드렸다.

너무도 좋은 선생님들이셨기에 우리를 위해 제안해 주신 것도
이해되었지만, 우리에겐 더욱이 그러고 싶지 않은 이유가 있었
다. 가장 핵심은 지금 이 나이 때 비장애 아이들과 떨어져 생활하
게 되면 영영 통합교육과 또래 친구들 무리 속엔 도훈이가 못 들

어올 것 같다는 생각이었다. 이건 나만의 생각은 아니었다. 우리 남편도 사회 속에 어떻게든 그 연결고리를 가져가야 한다고 생각하여, 우린 통합교육이란 큰 틀을 진행키로 결정했다. 대신에 도훈이의 특수치료 수업을 더 많이 강화하여 조퇴, 지각 등의 양해를 널리 구하였다. 무상교육으로 인해 원아의 등·하원 체크가 필수 요소이기에, 어린이집 운영에 누가 되지 않게 하였다.

어린이집을 다니면서 도훈이는 은평병원 낮병원을 함께 다녔다. 낮병원으로 수업이 있는 날에는 수업 후 어린이집으로 가서 도연이와 함께 하원하였다. 다행히 종일반 선생님들이 늘 상주하셨고, 짧은 시간이나마 아이들과 어울릴 수 있게 많은 배려를 받았다. 사실 이 시기가 우리 부부가 늘 다투고 도훈이도 힘들어했던 시기였다. 지금도 많이 부족한 가족이지만, 당시는 정보도 마음의 자세도 아이를 바라보는 관점도 제각기였던 시기였다.

그래서 도훈이도 심한 발악이나 돌발 행동들이 많이 나타난 때였다. 이전보다 갑자기 많은 사람들로부터 관심을 받고 부모나 할아버지, 큰아빠 등 일가친척이 돌아가면서 차를 태워 수업을 다니고 새로운 낯선 환경을 많이 접하는 상황이 힘들었을 것이다. 그런데, 지금도 생각하면 그런 결정 말고는 우리 부부가 할 수 있는 일은 없었다. 그냥 뭐든 최선을 다해 해 보자는 것뿐이었다. 집안 식구들의 도움이 없었다면 할 수 없던 상황에 모두가 도와주셨던 덕분이다.

교사 마인드 입장으로 보육기관에서는 쌍둥이 부모를 환영한다. 보호자가 한 명이기에 그만큼 시간을 절약할 수 있기 때문이다. 유치원 등 어린이 보육기관은 객관적으로 업무량이 많다. 특히 사립유치원은 원아 모집에 사활을 걸어야 하기에 더욱 그렇다. 그래서 어린이집이나 유치원에 관리자 입장에서 바라볼 때 불문율처럼 쌍둥이나 형제자매가 함께 다니는 것을 적극 지지한다.

그런데, 우리는 쌍둥이들이 다녔던 어린이집 입장에선 정말 힘들고 어려운 보호자였을 것이다. 그 마음을 충분히 알기에 많은 배려와 이해해 주신 지난날에 너무도 감사드린다. 우리는 어린이집 원장님과 3년간 상담을 가장 많이 한 가정일 수도 있다. 18개월에 처음 아이들을 어린이집에 보내고 가장 먼저 등원시키고 가장 늦게 하원시키는 일은 기본이며, 늦은 아이였던 도훈이에서 진단을 받은 장애아이 도훈이를 케어해 주심에 어린이집 원장님은 우리 부부에게 큰 힘이 되어 주셨다. 어느 날 상담을 받는 날 원장님께 조언을 듣게 되었다.

"어머님, 아버님, 길게 보셔야 합니다. 어린이집은 도훈이 인생에 잠시 머물다 가는 곳이겠지만, 부모님들이 도훈이와 도연이를 위해 길게 보시고 생활하셔야 합니다. 지금도 너무 잘하시는 두 분의 노력 때문에라도 저희 교사들도 도훈이를 더 세심하게 살피겠습니다. 지치지 마시고, 지금처럼 열심히 하셔야 합니다."

그 이야기를 듣고 우리 부부는 원장님과 어린이집 담임 선생님

앞에서 눈물을 흘렸다. 나도 교사로서 학부모 상담을 하지만 우는 아빠는 한 번도 본 적이 없는데, 내 남편이 어린 담임 선생님 앞에서 우는 게 아닌가? 너무 고맙고, 우리의 마음을 이해해 주신 그 감사함에 눈물이 났다고 했다. 그렇게 우리는 어린이집의 배려 덕분에 일반통합과정과 특수치료 수업을 병행하며 만 3세까지 잘 마무리할 수 있었다.

'신나는 도전, 유치원 통합교육… 그리고 엄마 품으로!'

신나는 도전의 시작!

우리는 일심동체가 되었다. 6살부터는 집 앞 어린이집이 아닌 내가 근무하는 유치원을 다니기 시작했다. 도연이는 신이 나서 그해 1월부터 다니던 어린이집에 자랑 아닌 자랑을 하고 다녔다 한다. 도연이에게는 동경의 엄마의 일터가 자기의 놀이터가 된다는 것에 입학 날짜를 손꼽아 기다렸다. 동네서 만나는 이웃들까지 알고 계실 정도였다. 나 또한 아이들이 다시 내 배 속으로 들어온 것처럼 마음이 편했다. 물론 워킹맘으로서 아침부터 저녁까지 내가 오롯이 아이들의 스케줄을 케어해야 하는 상황에 무거움도 있었지만, 아침저녁으로 쌍둥이들과 함께하는 시간이 너무도 행복했다.

여전히 도훈이는 유치원의 배려가 가득했다. 원장님, 원감님은 물론 담임 선생님뿐만 아니라 보조 선생님과 실습 선생님들까지 모두 도훈이의 하루하루를 응원하고 이끌어 주셨다. 장애 아이와 비장애 아이와의 통합교육에 있어 가장 중요한 담임 선생님의 역할에 같은 교사로서 정말 많이 배우게 되었다. 언어와 인지, 신체 활동까지 부족한 도훈이의 곁에는 보조교사의 서포터와 함께 같은 반 친구들의 도움이 늘 진행되었다.

늦은 도훈이를 선생님이 리드하고 선생님의 관심에 친구들도 동참하는 분위기가 형성되었다. 자연스레 같은 반 여자 친구들이 도훈이를 챙기면서 수업뿐만 아니라 자유선택놀이 시간에도 자연스럽게 수업 착석을 시작으로 모방학습, 상호작용과 사회성이 부쩍 향상되었다. 거기에 도연이의 24시간 밀착 오빠 챙김까지 곁들어지면서 도훈이의 발전 속도를 눈으로 확인할 정도였다.

텐트럼이 제법 있었던 도훈이의 변화 중 하나는 부정적 행동이 많이 줄어들었다는 것이다. 특히 땅바닥에 머리를 내려치거나 박는 행동이 사라졌다. 특수치료나 센터 수업을 통해 개선되었기도 했겠지만, 유치원에서의 규칙적인 행동과 다른 친구들의 모방학습이 가장 큰 작용을 했다. 아이들의 놀이 패턴을 지켜보면서 도훈이는 하나씩 모방해 나가기 시작했다.

어쩌면 내 마음이 편해져서 아이들도 심리적으로 쫓기지 않고 좋아졌을 수도 있다. 부모의 의지가 아이에게 미치는 영향이 중요하다는 걸 깨닫게 되었다. 사실 아이들은 엄청 피곤해했다. 매일 아침저녁으로 등·하원하는 모습이 짠하기도 했다. 하지만 도훈이를 남에게 맡기지 않고 내가 일하는 공간에 함께 데리고 있다는 것만으로 우리 모자간 확실한 애착 관계가 형성되었다. 그 전까지는 도훈이 친할머니가 주 양육자이셨으나, 유치원을 다니고 나서는 내가 주 양육자가 되었다.

내가 근무했던 유치원은 사립학교법인 유치원이었다. 특수교사 배치가 없던 곳이라 장애 진단을 받은 아이 또는 경계성 아이가 국공립 유치원보다 상대적으로 적었다. 그럼에도 불구하고, 많은 선생님들의 배려와 세심한 관찰로 특수학급 또는 특수학교 그 이상의 교육서비스를 받을 수 있었다. 그 이유는 사립유치원은 상대적으로 교육서비스 마인드가 높기 때문이다. 아무래도 원아 모집에 신경을 써야 하는 사립 유치원의 입장에서는 학부모들님의 민원이 가장 어려운 숙제이다. 그래서 교사들이 더 열심히 일할 수밖에 없는 구조가 현실이다.

그래서 어쩌면 통합교육에 있어 일반 사립유치원이 비용만 소비하는 곳은 절대 아니라고 생각한다. 좋은 선생님들을 만난다는 것, 특히 젊고 스마트함을 겸비한 열정적인 부담임 선생님들과 보조 선생님들의 케미가 맞는다면 충분한 상담을 통해 사립유치원에서의 통합교육도 좋은 결과를 가져올 수 있다고 생각한다.

당시 도훈이가 유치원에서는 유일하게 장애 진단을 받은 아이였다. 경계성인 아이들도 한 반에 한 명씩은 있었다. 기관의 노력에 따라 어린이집이나 유치원에서는 특수교육 대상자를 위한 프로그램들이 교육청으로부터 지원을 받을 수 있다. 그런데, 우리 유치원엔 대상자가 도훈이밖에 없었기에, 어쩌면 조금은 그 혜택을 도훈이가 받을 수도 있었다. 그 계기로 서울 서부교육청 선생님들과 관계도 형성했고, 후에 지속적으로 특수교육 수업을 받고 정보를 갖게 되는 계기도 되었다.

업종이 업종이니만큼 다른 어린이집이나 유치원에 근무하는 동료들의 이야기를 들을 기회가 많다. 그럴 때마다 장애 진단을 받은 아이들에 대해 어떻게 교육·지도하는지 끊임없이 물어봤다. 이유는 나 또한 당시엔 특수교육을 전문적으로 배워 볼 기회가 적었고, 일반 유치원에서는 특수 교육 대상자를 어떻게 가르쳐야 하는지에 대한 매뉴얼이 없었기 때문이다. 궁극적으로 교사의 꾸준한 관심, 아이들을 대상으로 한 장애 인식 안내, 아이들과 어울림을 통한 놀이 관찰과 모방학습이 중요한 포인트라고 생각했다.

도훈이의 부족함을 보충하기 위해 유치원에 양해를 구하여 사비로 도훈이 전담 보조교사를 채용하려 고민도 했다. 그런데, 다행히도 모든 선생님들의 관심 속에 전담 보조교사 없이 도훈이는 무형의 매뉴얼 속에 유치원 생활을 잘 해냈다. 치료기관이나 센터에서는 1:1 수업이 익숙한 도훈이가 과연 다른 아이들의 성장 속도를 따라갈 수 있을까 하는 것을 염려하였다. 솔직히 나의 일터에 아이들이 함께한다는 것은 한편으로는 행복이지만, 직장인으로선 상당히 부담스러웠다. 그런데 통합교육을 가고자 하는 방향에선 이것이 우리에겐 최선의 선택이었다. 초등학교에서도 통합교육을 목표했기 때문이다.

'부러지지 말자! 유연하게 대처하자!' 보다 유연해야 다양한 경우의 수를 판단하고, 우리 아이에게 적합한 교육 제공해 줄 수 있는 권리가 생긴다는 일념뿐이었다. 처음엔 뭐든지 힘들지만, 그 유연함을 잘 활용하여 교사와 친구들이 우리 아이를 어떻게 바라봐 주고 함께 해야 하는지를 준비했다. 유치원에서 선생님의 존재는 절대적이다. 아이들뿐만 아니라 학부모들께도 절대적 영향력을 끼치게 된다. 어린아이를 맡긴 부모나 외동 자녀일수록 선생님의 이야기 하나하나에 더 많은 관심을 기울인다. 선생님의 말 한마디에, 아이들의 가정생활까지 고쳐지는 사례가 너무도 많다. 이러한 기관과 가정과의 연계는 사례적으로도 보면 초등학교 저학년 시기까지는 연계가 된다. 아이들이 처음 접한 선생님은 엄마, 아빠보다 더 섬겨야 하는 존재이기 때문이다. 교사의 역할이 중요한 이유이다.

선생님들과 도훈이와의 교감

이런저런 메모와 기억들을 정리하면서 너무도 감사한 분들이 떠올랐다. 그동안 도훈이를 가르쳐 주신 선생님들이다. 그래서 부탁을 드렸다. 어린이집, 유치원 선생님들과 특수치료 수업을 해 주신 선생님들께 도훈이의 기억을 요청 드렸다. 경우에 따라선 기록이나 메모가 없을 수도 있었기에 함께한 추억을 되살려 주셨다. 마지막으로 도훈이의 최근 모습을 영상으로 보여 드렸다. 그리고 감사 인사를 드렸다.

#1 홈티 언어치료사 유예림 선생님
(치료 기간 : 2015년 9월(36개월) ~ 2017년 11월)

Q. 처음 도훈이를 만났을 때 상황과 수준은 어떠했나요?
A. 12개월 수준의 표현은 했어요. 음절성 발음을 주로 하고 본인이 알고 있는 낱말에 비해 표현이 매우 적었죠. 상대방에 대한 관

심도 없으며, 한 가지 장난감에 대한 집착과 단순 행동 반복놀이가 강했어요. 사실 라포가 형성되기 전에는 도훈이랑 의사소통이 매우 적었어요. 도훈이 방에서 치료를 했는데, 의사소통 끌어내는 데 시간이 오래 걸렸어요. 도훈이 아빠랑 친분이 있어서 시작했는데, 초반엔 많이 답답하고 서로가 힘들었어요. 도훈이를 가르치면서 센터나 복지관에서 다른 친구들도 많이 가르쳤는데, 그중 단연 도훈이가 참 표정이 밝고 좋았어요. 공부하는 시간을 즐겁게 맞이한 이후엔 발전되는 속도가 느껴졌어요.

Q. 도훈이를 가르치면서 어려웠던 점은 무엇이었을까요?

A. 도훈이 부모님들은 발음과 글 읽는 것을 언어치료의 궁극적 목표로 잡으셨어요. 그런데, 저랑 만났을 땐 그 수준엔 도달되지 않았어요. 도훈이가 좋아하는 그림카드나 캐릭터 인형으로 발화를 이끌고, 관심을 유도하는 수준이었어요. 컨디션이 안 좋을 땐 이유 없이 고집을 부리면서 수업을 거부했죠. 집이다 보니, 밖에서 자극적인 소리가 나오면 뛰쳐나가기도 했어요. 초반엔 수업 시간 내 돌발 행동을 이해해 줬지만, 나중엔 단호하게 제어하면서 착석시켜 수업을 진행했어요.

Q. 도훈이가 수업을 통해 개선된 점은 무엇인가요?

A. 상대방에 대한 관심과 의사소통이 조금씩 된다는 걸 느꼈어

요. 처음엔 착석도 잘 안 되었는데, 지시 이행과 질서 지키기, 단순한 규칙 이해까지는 좋아졌어요. 항상 쌍둥이 여동생 도연이도 수업을 하고 싶어서 밖에서 기다리고 있었어요. 그래서 수업하기 전 두 친구에게 도훈이 먼저, 도연이는 오빠 끝나고 수업하자고 약속을 했더니, 이해가 되고 차례를 지키면서 묘한 경쟁도 만들어 냈어요.

Q. 도훈이를 지켜보면서(수업하면서) 기억에 남는 추억이 있나요?
A. 초창기에는 기저귀를 차고 있었어요. 수업 중 갑자기 베란다로 나가더니, 창밖을 응시했어요. 당시엔 저도 결혼 전이라 아이를 키워 본 경험이 없어 몰랐는데, 알고 봤더니 응가를 하고 있었어요. 수업을 진행하면서, 소변·배변도 가릴 줄 아는 수준이 되었지만, 초반엔 예측불허였죠. 하루는 수업 중 꾸벅 졸더니, 갑자기 엎드려 잠을 자기 시작했어요. 몇 번을 깨워도 안 일어나서 너무 하루가 고단했구나 하고 수업을 중단한 적도 있어요. 저랑 수업을 하기 전에 이미 유치원과 다른 치료 수업을 하고 돌아왔다고 하더라고요. 특히, 도훈이와의 추억 중 여전히 선한 표정을 잊을 수가 없어요. 수업과 시작에 반갑게 인사하던 그 맑은 표정이 늘 보고 싶어요.

Q. 도훈이에게 한마디 해 주세요.

A. 처음에 발화 표현이 되질 않아 온몸과 눈빛으로 나와 교감하던 때, 어떻게 해야 할지 답답할 때가 많았는데, 이젠 말도 잘하고 표현도 하는 모습에 너무 기특해. 여전히 귀여운 도훈이의 앞날에 언제나 응원하며, 다시 선생님으로서 만나게 될 때 더 노력해서 도훈이가 발전할 수 있게 노력할게. 꼭 다시 만나자.

#2 서울특별시 은평병원 낮병원 전예원 담임 선생님
(치료 기간 : 2016년 3월(5살) ~ 2017년 2월 / 주 4회)

Q. 도훈이와 처음 만났을 때 상황과 수준은 어땠나요?

A. 호기심 많은 동그랗고 맑은 눈으로 주변을 열심히 관찰하던 도훈이의 눈이 기억나네요. 까꿍 놀이와 자동차 놀이를 좋아하던 도훈이는 새로운 활동이나 놀이 시 몸으로 부딪히며 경험하기보다는 먼 거리에서 점차 근접거리로 다가오며 활동을 충분히 관찰하다가 스스로 도전하여 놀이하던 친구였습니다. 장난감 놀이보다는 까꿍 놀이나 스카프를 이용한 숨기놀이 등의 상호작용 놀이에 더 많은 시간 흥미를 보이며 놀이 유지가 가능했고, 신체를 움직이는 장애물 계단 오르내리기 활동도 좋아하며 종종 선생님에게 손잡아 주기를 먼저 요청하기도 했습니다. 감각적 행동특성으로 사선으로 물체를 보거나 틈 사이, 돌아가는 팬 등을 보는 것에 집중하는 모습을 보였고, 딱딱한 폼 매트 등에 얼굴을 부비며 누

워 있는 것을 좋아하였습니다. 또한 감각적 예민함으로 촉각놀이 시 다양한 미술 매체를 만지며 활동하는 것에는 종종 불편함을 보이기도 하였습니다.

Q. 도훈이를 가르치면서 어려웠던 점은 무엇이었나요?
A. 문틈 사이, 교구장과 바닥 사이 등에 관심을 가지게 되면 특정 자리를 정해 두고 오랜 시간 그곳에 누워 틈을 보는 것에 집중하는 모습이 있었는데, 다른 활동으로의 전이 등이 쉽게 되지 않고 보고 있는 것을 지속해서 보고자 하는 요구가 있어 놀이 활동 참여 시간이 줄어드는 것이 안타까웠습니다. 초기에는 타협이 잘 되지 않았고 화가 나거나 불만이 생기면 바닥에 머리를 박는 모습이 있었기에 도훈이가 누워 있을 특정한 자기 자리를 만들기 전에 교실의 교구장 배치를 매우 자주 변경하여야 했습니다.

Q. 도훈이가 특히 좋아했던 것은 무엇인가요?
A. 엘리베이터를 참 좋아했습니다. 병원 엘리베이터 앞에 서성이며, 타고 싶어 하였습니다. 놀이 중에서는 소리 나는 장난감이나 바퀴가 있어 굴러가는 자동차 등을 좋아하였고 까꿍 놀이를 매우 좋아했어요. 특히, 즐거워 웃을 때면 쉬지 않고 웃기도 하여 숨이 넘어갈 것 같아서 웃다가 잠시 숨 쉴 수 있는 시간을 주었던 것이 기억나네요.

Q. 도훈이를 가르치면서 기억에 남는 장면이 있나요?

A. 초등학교 입학 후 방학 때 발달센터에서 도훈이를 만나 인사를 했어요. 예전처럼 부끄러움이 많을 것 같아 먼저 인사하려 하는데, 도훈이가 먼저 "몇 호 살아요?" 하고 제게 물어봤어요. 같은 아파트 단지를 살아 동네에서 마주친 적이 있었는데, 제가 사는 곳이 궁금했었나 봐요. 그 순간을 기억하고, 저에게 먼저 질문하며 물어본 것이 기특했어요. 그리고 발달센터 앞에서 도훈이가 없어졌다는 이야기를 들었어요. 할머니와 함께 있다가 도훈이의 행방이 사라져 한참을 찾았어요. 우리 센터에는 아동 실종 상황에 대비한 선생님들의 역할이 있는데, 제 역할이 CCTV로 동선을 파악하는 거였어요. 그래서 CCTV로 건물 주변을 살펴보던 중 엘리베이터를 혼자 타고 돌아다니는 걸 보고 안도의 한숨이 나왔어요. 엘리베이터를 좋아하는 도훈이에겐 놀이터처럼 느껴지는 것 같았어요.

Q. 도훈이에게 조언 부탁드립니다.

A. 제가 만난 시절의 도훈이는 큰 눈으로 열심히 주변을 관찰하며 생각하고 앞으로 나아가는 아이였습니다. 주변 변화에도 민감하여 새로운 선생님이 오시거나 알고 있던 기존의 일과와 달라지면 눈을 빠르게 깜빡이며 변화를 알아채고 불편함을 표현하기도 하였습니다.

손으로 팔을 꼬집으며 자해하는 친구의 손을 막고 "아파, 아파." 하고 하지 말라는 신호로 이야기해 주기도 하였고, 산책하며 계단을 오르기 싫어 떼쓰며 우는 친구의 등은 손으로 밀어주는 모습을 보이기도 하였습니다. 지금 기분이 어떠냐고 물으면 '기뻐요' 카드를 선택하여 선생님과 함께 웃음을 주고받으며 즐거움을 공유할 줄도 알았습니다. 최근까지 4년간 도훈이를 직간접적으로 지켜보면서 보호자가 바라는 바와 같이 잘 자라 주고 있는 것 같습니다. 모든 선생님들의 도움도 있었겠지만 부모님과 가족들의 지지와 응원이 있었기에 도훈이 스스로가 건강한 자아를 형성하며 성장하고 있는 것 같습니다. 지금처럼 잘 자라 주기를 응원하겠습니다.

#3 서울특별시 은평병원 학습치료사 이미현 선생님
(치료 기간: 2018년 1월(7살) ~ 2019년 2월 / 주 3회)

Q. 처음 도훈이를 만났을 때 상황과 수준은 어땠나요?

A. 도훈이를 처음 보기 이전에 이미 은평병원 낮병원에서 치료를 받았던 걸 지켜봤어요. 만 5세인 2018년 1월 실시한 평가에서 도훈이는 간단한 상황 묘사나 요구 표현은 가능했지만 설명이 필요한 과제에서는 지속적으로 실패하는 등 표현 언어의 지체가 두드러진 모습이었어요. 실제 지능검사에서 언어능력의 제한으로 인해 지적 기능이 '중도지체' 수준까지 저하되어 있는 것으로 나타났

어요. 발달영역별 검사에서도 역시 표현 언어와 인지 수준이 도훈이 생활연령보다 약 2년 정도 지연되어 있었는데 이로 인해 타인과의 상호작용 시 더욱 자신 없어하고 쉽게 산만해지거나 긴장하는 모습이 역력했어요. 반면 즐거운 자극에 대해서는 상대방과 함께 감정을 공유하는 모습은 도훈이만의 장점이었죠.

Q. 도훈이를 가르치면서 어려웠던 점은 무엇이었나요?
A. 자신의 능력이 제한적이어서 활동이나 상호작용 시 위축되거나 소극적인 반응을 보이는 경우가 있었어요. 그런데 도훈이는 수용적이고 호의적인 성향이어서, 치료사나 친구들의 격려를 받으면 다시 도전하곤 하였습니다. 인지적·언어적 지연은 단시간 내에 급격히 회복되기 어려운 면이 있어서 의사소통에 어려운 점이 있었습니다.

Q. 도훈이가 수업을 통해 개선된 점은 무엇일까요?
A. 짧은 단어 표현과 얼버무리기, 반말 패턴의 고착화와 같은 언어적 어려움을 감소시키는 데 노력했어요. 꾸준한 반복학습과 이해를 통해 표현 언어 확장과 구조화를 위한 접근이 진행되면서 스스로 문장 형식을 구사하기 시작했어요. 명료한 언어 전달이 하나씩 나오기 시작했죠. 또한 집단 내 규칙을 몇 가지 정하여 수업 내내 도훈이의 주의 집중과 지시 따르기 반응을 유도하였는데,

후반으로 갈수록 치료사의 개입 없이도 집단 내의 규칙과 과제 수행을 해 나갈 수 있었습니다. 취약점이었던 소근육 및 눈과 손이 함께하는 협응의 어려움은 글쓰기 수행에도 많은 제약을 주었는데, 1년간 꾸준히 과제를 수행하면서 종결 즈음에는 혼자 힘으로 글자를 보고 따라 쓰기도 가능해졌습니다.

Q. 도훈이가 특히 좋아했던 것은 무엇인가요?

A. 상호작용, 주의집중, 이해 향상을 목표로 시행했던 합창하기, 음악에 맞춰 다 함께 율동하기, 터치 벨 등의 악기 연주하기와 같은 음률 활동을 즐거워하였습니다. 또한 수건돌리기, 연극하기, 의자게임 등의 신체 상호작용 활동도 연신 미소를 지으며 매우 즐겁게 참여했었습니다.

Q. 도훈이를 지켜보면서(수업하면서) 기억에 남는 장면이 있나요?

A. 도훈이는 역시 미소가 최고죠. 수줍은 듯 살짝 비비꼰 몸짓과 눈웃음으로 감정과 상황을 공유하는 도훈이의 미소가 눈에 선합니다.

Q. 도훈이에게 조언 부탁드립니다.

A. 낮병원 시절 애기였던 도훈이가 이제 어엿한 1학년이 되었네요. 일반 통합학급으로 다니고 있는 도훈이가 대견하고요, 앞으

로 더욱 많은 도전 과제들을 훌륭히 겪어 내며 귀여운 미소 잃지 않고 건강하게 성장하기를 기원합니다. 도훈이의 발전 과정은 다른 친구들에게도 좋은 길잡이가 될 것 같습니다.

#4 **구몬학습 홈스쿨 최지혜 선생님**
(학습 기간 : 2018년 10월(7살) ~ 현재 / 주 1회)

Q. 도훈이와 처음 만났을 때 상황과 수준은 어땠나요?

A. 쌍둥이 여동생과 함께 학습지를 시작하게 되어 만나게 되었습니다. 처음엔 조금 늦은 아이로만 알고 도훈이를 만났습니다. 7살 때 4살 과정으로 시작하였습니다. 오랜 시간 앉아 있는 것이 가장 어려운 부분이었습니다. 그러나 조금씩 본인이 할 수 있는 과제들을 수행해 나가면서 소극적인 아이에서 보다 적극적인 모습을 보였습니다. 자신이 좋아하는 부분을 한다는 것이 중요하다고 판단했습니다. 그래서 난이도를 쉽게 가져가면서 반복학습을 통한 아이의 성취에 대한 만족을 높이고자 했습니다.

Q. 발달장애 아동에 대한 사전 정보나 가르쳤던 경험이 있으신가요?

A. 학습지 방문교사로 일하면서 자폐성발달장애 진단을 받았거나 경계성 아이들을 종종 만나곤 합니다. 단독으로 하는 경우는 드물고 형제자매가 할 때 같이 진행하는 경우가 있습니다. 비장

애 아이들과 비교하여 특별히 반복학습에 뛰어난 친구들도 본 적이 있습니다. 물론 적응 못 하고 이해 부족으로 한 달 만에 그만둔 사례들도 많이 있습니다.

Q. 도훈이를 가르치면서 어려웠던 점은 무엇인가요?
A. 1년이란 시간 동안 도훈이와 함께 수업을 하고 있습니다. 조금씩 개선이 되고 있지만, 수학능력보다 언어능력이 상대적으로 부족하다고 생각합니다. 도훈이 방에서 수업을 하다 보면 장난감 등으로 인해 집중력이 분산되는 경우가 종종 있었습니다. 착석에 대한 부분도 제가 적응하는 데 시간이 조금 걸리기도 했습니다.

Q. 도훈이를 가르치면서 개선된 점은 무엇일까요?
A. 처음 만났을 때보다 확실히 집중력과 착석 행동이 좋아졌습니다. 그리고 더하기(수학)에 빠른 속도와 계산력을 보여 줘서 선생님 입장에서도 아이의 학습 발달에 뿌듯하기도 합니다. 방문학습지란 환경상 시간 약속이 중요해서, 수업에 대한 집중도와 학습 속도가 중요합니다. 처음에 비해 학습 상황이 눈에 띄게 발전된 모습으로 어제도 도훈이와 수업을 했습니다. 초반 몇몇 음절 단어만 알던 수준에서, 학교 진학 후 글을 읽고 쓰는 실력이 늘어나고 있는 모습에 수업을 진행하는 데 서로가 흥미가 늘어나고 있습니다. 미소가 귀여운 도훈이가 잘하는 것에 더 흥미를 갖고 모든

일에 열심히 하길 기대합니다.

#5 충암유치원 박진숙 선생님
(학습 기간 : 2017년 3월(6살) ~ 2019년 2월 / 6살 시절 유치원 담임 선생님)

유치원 입학을 앞둔 2017년 2월.

입학 전 엄마 퇴근 시간에 맞춰 매일 잠깐 유치원에 들러 선생님들과 인사도 나누고, 환경도 돌아보며 유치원 적응훈련을 시작하던 도훈이를 가까이에서 마주하게 되었던 기억이 납니다. 처음에는 금방이라도 울음을 쏟아 낼 것처럼 어색함이 가득한 큰 눈으로 교무실 이곳저곳을 살피더니, 벽면 한쪽에 위치한 전등 스위치 ON/OFF에 관심을 갖고 교무실 전등 껐다 켜기를 반복하며, 디지털 도어락의 열고 닫힘에도 관심 갖고 열고 닫힐 때마다 나는 반복적 소리에 매우 흥미로워하던 첫 만남. 발달장애아이를 특별히 교육해 봤던 경험이 없는지라 도훈이와 함께할 1년이 솔직히 걱정되고 막막하기만 했던 그때가 생각납니다.

새로운 경험에 대해 매우 강하게 거부하고, 관심 있는 행동은 아무리 제지해도 반복해서 하며, 일상생활에서 이뤄지는 기본적인 소통은 거의 없이 교사의 일방적인 지시와 표현 아래 처음 유치원 생활이 시작되었습니다.

'도훈이를 어떻게 도와주지?'

'어떻게 교육하지?'

'다른 아이들에게 치이면 어떡하지?'

'도훈이에게 어디까지를 허용해야 하지?'

'다른 학부모들의 민원을 어떻게 응대하지?'

'혹시 도훈이로 인해 도연이가 상처를 받게 되면 어떡하지?'

도훈이이에 관한 여러 생각들과 함께 마음이 무거웠던 것 같습니다.

그 당시에는 무엇보다 도훈이와의 소통이 전혀 이뤄지지 않던 때라 걱정이 더욱 컸었습니다. 그러면서도 한편으로는 단체 생활 속에서 다른 유아들에게 피해를 주거나 공격적인 행동 등은 전혀 보이지 않아 다행이라 생각하기도 했습니다. 그런데 도훈이가 성격적으로 온순하고 따뜻한 마음을 가진 것도 있었지만 또래들과의 소통이나 놀이가 전혀 이뤄지지 않으니 갈등이나 마찰이 일어날 일은 거의 없었던 것 같습니다. 그래서 언제나 이 점이 가장 안타까웠고, 가장 먼저 풀어 가야 하는 부분으로 여겼었습니다. 처음에는 자기네들과 조금은 다른 도훈이의 행동이 신기하기도 하고 이상하기도 하여 주던 관심이었다면 하루하루 함께 지내며, 그저 단순한 호기심이 아닌 친구로 관심을 주기 시작하는 아이들이 늘어나는 일에 참 고마울 때가 많았습니다.

'도훈이를 기다려 주고, 도훈이에게 양보하고, 도훈이에게 맞춰 주고.'

물론 항상 이렇게 고마운 일만 있지는 않았었지요. 도훈이의 의견은 묻지도 않고 자기네들 맘대로 도훈이의 역할을 정한다거나, '도훈이는 이런 거 싫어해!' 하며 일방적인 행동을 보이는 친구들도 있고, 도훈이의 행동을 그대로 모방하여 담임교사를 당황하게 만드는 일들도 비일비재하였고요.

도훈이가 유치원 생활에 조금씩 적응하고, 규칙을 알아 가며, 하나씩 익혀 가며 담임교사 입장에서 조금씩 욕심나는 마음이 들었던 점도 많았습니다. 체계적이고 정식적인 장애통합교육은 아니었지만 일반 아이들과는 다른 도훈이를 지도하며 '이렇게 해도 될까? 너무 욕심 부리는 거 아냐? 괜찮을까?' 망설여지긴 했습니다. 그런데 어떤 경험이나 활동을 처음 할 때는 정말 무슨 일이 금방이라도 일어날 듯이 울고 소리 지르고 고집을 부리다가도 때로는 달래고 때로는 모른 척하고 때로는 강행시켜 보면 기특하게도 적응하고 언제 그랬냐는 듯이 태연하게 참여하는 모습을 보일 때가 많았습니다.

처음 농사체험으로 학교 버스 타던 날 아침에 얼마나 많이 울었는지 모릅니다. 모르는 사람이 봤더라면 아마 제가 납치하는 줄 알았을 정도이죠. 버스 등 탈것에 대한 두려움이 있던 시절이었던 거죠. 유치원에서 농장으로 갈 때보다는 농장에서 유치원에 올 때가 수월했었고, 처음보다는 두 번째가, 두 번째보다는 그 후가 훨씬 더 편안해졌었지요. 그 힘들었을 마음을 몰랐던 건 아니지만 이렇게 반복해서 경험하고 나면 잘해 나갈 것을 기대하고 알았기에 도훈이에게 계속 요구했었습니다. 처음에는 기본생활습관을 형성하는 것도 쉬운 일은 아니었지만 습관이 길러지고 나면 누구보다도 빈틈없이 지키려 노력하는 모습을 볼 수 있었고, 특히 편식이 심했던 편이라 편식을 바로잡기는 쉽지 않았지만, 그래도 기관에서는 먹어 보는 경험에 도전을 하는 것만으로도 기특했습니다.

'넌 안 해도 괜찮아!', '그래, 그래~ 괜찮아!'보다는 '해 보자!', '할 수 있는데!'라는 이야기를 많이 했던 것 같습니다. 무조건적으로 허용해 주고 특별하게 대해 주기보다는 다른 유아들보다 조금 더 기다려 주고, '그럴 수도 있지'라고 생각하며 도훈이가 스스로 해 볼 수 있는 자리를 만들어 주기 위해 노력하고 싶었습니다. 그러면서도 일반 유아들과는 다른 도훈이에게 어디까지를 허용하고 또 얼마만큼을 기대해야 할까 하는 망설임과 고민이 들기도 했었습니다. 도훈이 스스로가 '난 괜찮지 않을까?'라는 생각을 혹시라도 할까 봐, 또 해 보려 하지도 않을까 봐 걱정하면서도 그렇게 스스로 경험하게 하는 지원이 도훈이에게 약이 아닌 독이 되는 건 아닌지, 그저 교사의 욕심인 건 아닌지 하는 걱정이 앞서기도….

울며 웃으며 함께 옆에서 1년을 보내고, 7살 반으로 진급하여 유치원 생활을 하는 도훈이는 정말 많이 자라고 많이 성장했습니다. 도훈이 덕분에 웃었던 날들을 가만히 떠올려 봅니다. 그 소소했던 일상들이 모두 참 고맙습니다. 새로운 환경에서 처음 해 보는 경험들을 특히나 힘들어하던 도훈이가 처음 서 보는 학예회 무대에서 처음 보는 많은 관객들 앞에서 처음으로 친구들과 함께 노래 부르고 율동하고 악기까지 다루며 즐기던 그날의 감동은 지금도 저를 설레게 합니다.

어느새 유치원을 졸업하고 1학년 생활을 시작한 지도 8개월이나 지난 지금.

도훈이는 또 얼마나 자랐을까요? 도훈이와 함께 도연이, 도훈이 어머님, 도훈이 아버님 그리고 그 누구보다도 도훈이 할머님의 마음은 얼마나 더 커지셨을까요? 언제나 적극적이고 언제나 긍정 에너지 가득한 도훈이네 가족 모두의 건강과 행복을 마음으로 응원합니다.

이화여자대학교 특수교육 안의정 박사님
#6 (상담 기간 : 2018년 10월 ~ 2018년 12월 / 7살 유치원 일반학급 통합 교육
　　슈퍼바이저 선생님)

Q. 처음 도훈이를 만났을 때 상황과 수준은 어땠나요? 마지막에는 어떻게 변화하였나요?

A. 도훈이를 처음 만난 것은 2018년 가을로 도훈이가 유치원 7세반에서 생활하던 때였습니다. 박사학위 논문의 주제였던 통합교육 지원 컨설팅을 실행하기 위해 통합교육을 하고 있는 유아교사를 참여자로 찾는 중에 도훈이의 선생님을 알게 되었고 충암 유

치원 도훈이를 처음 만나게 되었습니다. 담임 선생님에게 소개받은 도훈이는 순해 보이고 귀엽게 생긴 남자아이였는데 많은 아이들 틈에서 친구들과 어울리는 듯하다가도 금세 다시 혼자가 되는 그런 친구였습니다. 선생님이 무엇인가를 함께하자고 하면 크게 거부하지 않았고 친구가 곁에서 무엇인가 놀이를 할 때 피하지는 않았습니다. 하지만 먼저 다른 사람에게 어떤 행동을 시도하거나 말을 거는 등의 행동은 하지 않았습니다. 무엇인가 다른 친구가 하는 놀이에 관심을 보이는 것 같지만 먼저 말을 건다거나 놀이를 시도하는 적은 없었습니다. 자신의 생각이나 감정을 표현하는 방법도 서툴러 보였습니다.

담임 선생님과의 지원을 시작한 지 3개월이 지나 12월 중순 방학할 시기가 되었을 때 다시 도훈이를 보게 되었습니다. 3개월 동안 도훈이 담임 선생님과 협의를 통해 수업을 계획하면서, 도훈이를 볼 때마다 친구들과 함께 교감하는 시간이 길어지는 것을 눈으로 확인하였습니다. 방학 직전에 도훈이를 좀 더 집중적으로 관찰하게 될 기회가 있었는데, 그날 본 도훈이는 '혼자 있는 것을 싫어하는 아이', '친구들과 놀이하는 것을 너무나 좋아하는 아이'로 느껴졌습니다. 친구들과 블록놀이 영역에서 놀이하고 있었는데, 친구들 틈에 끼여서 블록도 끼우고 레일을 만들어 위에서부터 구슬을 떨어뜨리는 놀이를 즐겁게 하고 있었습니다. 다른 친구들이 놀이를 하다 다른 장난감으로 우르르 가 버리자 친구들을 바라보며 어떻게 해야 할지 고민하는 표정을 짓다가 친구에게 다가가서 "나랑 같이 놀자."라고 먼저 이야기하는 도훈이를 보면서 너무 기특했던 기억이 납니다. 담임 선생님에게 이제는 도훈이가 먼저 친구들에게 함께 놀자고 이야기한다는 말을 들었는데, 그것을 직접 눈으로 보게 되어서 너무 기뻤습니다. 마지막 관찰했던 날에 도훈이는 혼자 있는 시간이 거의 없이 친구들 틈에서 함께 놀이하였습니다. 또한 도훈이가 교실 내에서 더 적극적으로 변했다는 것도 느껴졌습니다. 한 예로 컴퓨터 영역에서 교육용 CD를 유아들이 즐겁게 실행하고 있었는데 도훈이는 계속 친구 뒤에서서 그것을 집중해서 지켜보고 있다가 한 번 해 보라고 권유하면 도망가곤 했습니다. 그러나 마지막 본 날에는 대기자 이름을 적는 종이에 자신의 이름을 당당하게 적어 두었다가 자신의 차례가 되자 의자에 달려가 앉아서 신나게 마우스를 움직이고 있었습니다.

Q. 도훈이를 지켜보면서 기억에 남는 장면이 있으실까요?
A. 저는 도훈이를 직접 지도한 교사가 아니기 때문에 도훈이를 많이 만나지는 못했습니다. 다만 도훈이의 담임 선생님을 통해 이야기를 전해 듣고 종종 도훈이를 볼 기회가 있었는데, 몇 가지 기억에 남는 장면들이 있습니다. 그중에서도 기억에 남는 장면은 친구들과 즐겁게 소리 내어 웃으며 게임을 하던 모습입니다. 차례에 맞추어 주사위를 던지고 나온 숫자만큼 말이 진행해 갈 때

얼마나 흥분하면서 떠들고 웃으며 참여하던지 그 얼굴이 떠오릅니다. 처음 도훈이를 만났을 때 도훈이는 거의 무표정한 얼굴일 때가 많았는데, 마지막에 본 도훈이의 얼굴은 정말 웃음이 가득했던 것 같습니다. 실험 결과를 분석하기 위해 도훈이의 놀이 장면을 함께 분석하며 도훈이의 모습을 본 저의 동료 선생님도 도훈이의 모습을 보며 깜짝 놀랄 정도였습니다. 그 외에 기억에 남는 장면 하나는 도훈이가 화이트보드에 '티라노 사우르스'라는 글자를 썼던 순간이었습니다. 도훈이가 자신의 이름이 쓰인 종이를 보고 자석 블록으로 이름을 맞추는 것을 본 적이 있고 화이트보드에 정확하지는 않지만 이름을 쓴 적은 가끔 있었다고 들었는데, 자신의 이름 외에 다른 글자를 직접 쓴 적은 처음 있는 일이라고 했습니다. 도훈이가 좀 더 주위에 관심을 가지게 되면서 이전에 하지 않았던 새로운 행동을 하게 된 것으로 생각할 수 있었습니다. 도훈이의 새로운 행동으로 인해 담임 선생님도 놀라워했고 함께 기뻐했던 순간이 떠오릅니다.

Q. 도훈이에게 혹은 미취학 발달장애 아이를 키우는 학부모님께 조언 부탁드립니다.

A. 자녀의 장애를 알게 되는 것이 그다지 반가운 소식은 아닐 거라 생각합니다. 하지만 자녀가 장애를 가지게 된 것이 절망할 일도 아니리라 감히 이야기하고 싶습니다. 자녀를 기르면서 많은

정성과 수고가 필요하겠지만, 누구나 자녀를 기르기 위해서는 많은 정성과 수고가 필요합니다. 다만 좀 더 많은 정성과 수고가 필요할 뿐이지요. 따라서 나의 자녀를 다른 아이들과 '다른' 아이라 생각하지 말고, 모든 다른 아이들 중에 '특별한' 아이라 생각하시면 좋겠습니다. 누구든 자녀를 키우면서 수고하지만 그 아이로 인해 행복하여 수고를 잊는 것처럼, 자녀로 인해 더 수고하기에 자녀를 바라볼 때 더 행복하셨으면 좋겠습니다. 특수교육이라는 학문을 처음 시작하면서 한 책에서 이런 글을 보고 깊은 감동을 받은 적이 있습니다. 한 부부가 자녀를 낳고 보니 아이가 다운증후군이어서 모든 주위 사람들은 걱정을 했습니다. 그러나 정작 아이의 부모는 파티를 준비하고 즐거워하였습니다. 다른 사람들은 의아해했으나 부모는 자신들이 기뻐하는 이유를 "하나님께서 우리를 특별한 아이를 기를 수 있는 특별한 부모로 선택하셨기 때문에 기뻐한다."고 말하였답니다. 장애를 가진 자녀는 자신뿐만 아니라 부모를 특별하게 하는 존재가 될 것입니다.

현실적인 조언으로는 자녀의 특성을 빨리 이해하고 자녀에게 맞는 교육을 가능한 한 빨리 시작하시라는 것입니다. 이는 자녀의 장애를 진단하여 빨리 진단명 붙이라는 것이 아닙니다. 오히려 자녀의 특별한 점을 발견했을 때 있는 그대로의 모습을 객관적으로 이해할 수 있도록 노력하고, 이에 적절한 교육을 받을 수 있도록 돕는 것이 가장 중요합니다. 인생의 가장 중요한 것들은 유아기에 배운다고 합니다. 빠르면 빠를수록 좋습니다. 실제로 아이가 어릴 때 자녀의 장애를 부인만 하다가 중요한 시기를 놓친 가정과 빨리 아이의 특성을 이해하고 일찍 교육을 시작한 가정의 자녀를 보면서 그 결과의 차이를 느끼게 됩니다. 최대한 빨리 아이를 이해하고 적절한 교육을 시작하시어 긴 인생의 여정을 걸어갈 수 있는 힘을 기르도록 돕는 부모님이 되시기를 진심으로 바라고 응원합니다!

학습 방법에 대한 고찰

치료수업 진행이 거듭되면서, 효율적인 부분에 신경을 쓸 수밖에 없었다. 아이뿐만 아니라 보호자의 시간 투자, 만만치 않는 비용이 수반되기에 효율을 늘 고민했다. 특히 우리는 퇴근 후 시간과 주말은 도훈이에게 대다수 할애했다.

많은 수업을 다니면서 느꼈던 것 중 하나는 맨투맨 치료 수업에 대한 고민이었다. 언제까지 1대1 수업을 시키는 것이 맞는 것인가 하는 점이다. 부족한 부분은 당연히 보완하기 위해 1대1 수업이 필요하다. 초등학교에 입학한 이후에도 여전히 몇몇 수업은 1대1로 진행되고 있다.

어릴 때부터 치료실 수업이 익숙한 도훈이는 처음 하는 수업에도 나름의 노하우를 갖고 있다. 처음 만나는 선생님과 밀당도 한다. 그리고 수업에서 칭찬받는 방법도 어느 정도 알고 있다. 무엇을 할 때 선생님이 자기의 욕구를 들어준다는 것까지 조금씩 이해하고 있다. 그래서 한편으로는 어른들의 눈높이에 퍼즐 끼우듯 수업을 하는 건 아닌지 우리 스스로를 의심했다. 개인적으로는 주변 환경과 인적 네트워크가 가능하다면, 통합 교육에 대한 비율을 높여 사회 적응력, 모방학습을 향상시키는 것도 중요하다고 생각한다.

제안하는 통합교육은 비장애 아이들과 자연스럽게 여럿이 모여 선생님의 수업을 함께하는 것이다. 일반 학습에 있어 다른 아이들의 수준을 따라가는 건 여전히 어려운 숙제이다. 하지만 음악, 미술 및 체육 등 예체능 수업은 충분히 함께해야 할 프로그램이라 생각한다. 언어적·인지적 이해보다 신체적·리듬적·음악적 반응을 통해 자신감도 높이고 흥미도 끌어올리는 기회가 된다.

남편은 호시탐탐 동네 친구들을 모아 체육 수업이나 산을 가려한다. 막상 남편이 판을 벌여 놓으면, 다른 친구들만 신이 나서 참여한다. 정작 도훈이는 외면하고 주변을 배회하기도 한다. 하지만, 배회하면서도 분명히 호시탐탐 기회를 엿보며 무리에 들어오고 싶어 한다. 그룹을 지어 그 속에 10개의 정성을 쏟아부으면, 우리 아이에게 돌아가는 건 한 개도 없을 때도 있다. 그렇더라도 무리를 지어 주고 간접학습으로 다음 기회를 기다린다. 함께하는 관계 형성을 통해 동네 친구들 간 끌어 주고 잡아 주고 쫓아가는 환경 속에 서로가 발전하며 오늘도 아이들과 부지런히 뛰어놀고

자 노력한다.

다양한 교육기관에서의 통합교육 생활을 통해 도훈이의 발전을 가장 잘 볼 수 있게 된 것은 학예발표회였다. 다른 수업은 여전히 뒤처지지만, 연말마다 진행하는 발표회는 추억을 뒤돌아보면, 장족의 발전을 볼 수 있었다. 어린이집이나 유치원마다 학예발표회를 운영하는 방식은 다르나 통상적으로는 한 해 동안 배운 음악, 율동, 악기들을 종합하여 연말에 학부모님들을 모시고 아이들이 공연을 한다. 글로써 배운 학습이 아닌 신체적·음악적 활동의 반복학습의 결과물이다.

5살 아이들은 입장과 퇴장, 그리고 위치 체크 등 공연 외적으로 챙겨야 하는 부분이 많이 있다. 공연을 잘하고 못하고가 아닌 그 위치에 있다가 잘 내려오는 것만으로도 기특할 때가 많다. 사실 도훈이의 어린이집과 유치원 학예발표회가 나에겐 그렇게 느껴졌다. 이탈하지만 않고 지정된 자리에 있다가 다른 아이들이 내려올 때 눈치껏 잘 내려오기를 기다렸다. 5살 시절 어린이집 발표회는 은평병원 낮 병원을 병행하며 다니다 보니 수업 참여가 상대적으로 부족했지만, 유치원에서의 발표회는 유치원 선생님과 친구들이 도훈이를 위해 함께 노력한 흔적을 절실히 볼 수 있는 모습이었다.

유치원이란 울타리 속에서 한 단계 성장한 터닝 포인트라 생각한다. 상대적으로 다른 친구들보단 부족하지만 어떤 타이밍에 무엇을 어떻게 해야 하는지를 알고, 관객의 반응이 부끄럽기도 하지만 박수에 스스로 만족하는 모습을 보며 반복학습의 중요성, 비장애 아이들과 함께 어울릴 수 있는 환경 속에서 장애를 갖고 있는 아이도 충분히 잘할 수 있다는 결과를 보여 주었다.

장애 특성상 한 번의 지시로 원하는 결과물을 얻기가 힘들다. 하지만, 지속적인 참여와 다른 친구들의 도움으로 무대에서의 모습은 한류스타 BTS 이상의 광채를 뽐냈다. 오와 열을 맞춰 줄을 서는 도훈이의 모습을 보고 가슴이 벅찼다. 유치원 7살 시절 공연에서는 우리 가족뿐만 아니라 도훈이를 아껴 주신 선생님들 모두가 아이의 발표회 모습에 모두 눈물을 보이며 격려를 아끼지 않아 주셨다. 너무도 감사하게 잘 가르쳐 주셔서 도훈이가 작은 공연이지만 무사히 잘했다는 안도감도 있었겠지만, 그보다 과정들을 잘 이겨 낸 도훈이의 기특함과 도훈이반 아이들이 모두 사랑스러

핸드벨을 연주하는
도훈이

움에 흘린 눈물이 아니었을까 한다.

친구들과 박자를 맞추며 리듬을 타며 공연하는 아들의 모습이 뇌리에서 잊히지가 않는다. 그 눈빛을 보고 알 수 있었다. 우리 아들도 충분히 스스로 잘 해냈고 응원을 인지하고 행동하고 있다는 걸….

학예발표회란 프로젝트는 유치원 선생님의 입장으로서 가장 신경이 많이 쓰이는 행사 중 하나이다. 담임 선생님께서는 아이를 어떻게 지도하며 이끌어 갈지를 나에게 종종 여쭤보고 진행해 주셨다. 그중에 선생님들과 협의를 통해 진행한 방법은 짝꿍의 역할이었다. 학급 내에서 남을 잘 배려해 주고 학습능력이 뛰어난 친구와 짝꿍을 만들어 주는 방법이었다. 그리고 가급적 집중을 잘할 수 있는 앞 열에 배치하는 것이었다. 물론 키가 작아서 앞 열에 섰지만, 선생님께서는 보다 집중하여 바라볼 수 있게 배려해 주셨다.

선생님의 지시에 따라 하는 아이들이지만, 그 안에서도 나름 규율이 있다. 음악이나 율동을 잘하는 친구가 리더 역할을 하며 전체를 끌고 가는 경우도 많다. 이탈 범위가 있는 도훈이는 늘 다른 친구들이 관리해 주며 대열을 잡았다. 그렇게 반복을 통해 노래, 율동, 악기까지 제법 흉내 내며 발표회를 준비하는 모습이 너무도 사랑스러웠다. 그런 모습을 보고 재능기부란 반드시 어른만 하는 것은 아니라고 생각하곤 했다. 또래 간에도 모르는 건 알려 주고, 서로를 돕는 것이 협동과 재능기부의 시작이지 않을까? 발표회가 끝나고 우리 아이들을 사랑으로 앉아 주었고, 도훈이를 옆에서 잘 도와준 친구들에게는 마음으로 꼭 안아 주며 고마움과 사랑을 전달하였다.

'고마워, 친구들아!'

도훈이를 즐겁게 괴롭혀라!

우리 가족 모두는 도훈이를 끊임없이 괴롭힌다. 워낙 귀염둥이 스타일이라 남편은 남들이 보는 앞에서도 여전히 아이 볼을 물고 뜯고 난리도 아니다. 이는 할아버지, 할머니들도 똑같다. 도연이에게는 뽀뽀를 요구하지 않지만, 도훈이에게는 틈만 나면 뽀뽀나 스킨십을 요구한다. 도연이는 이제 제법 성숙(?)해져서 남편에게도 볼에만 뽀뽀를 허용한다. 친정아버지는 늦된 도훈이를 가만두면 안 된다고 하신다. 늘 자극을 줘서 애가 행동하게끔 해야 한다고 우리보다 더 적극적으로 도훈이랑 놀아 주신다. 위암 수술을 받으시고, 체력이 예전보단 떨어지셨지만, 도훈이랑 함께하는 시간만큼은 무한 체력을 뽐내 주신다.

맞벌이를 했던 우리 부부는 집에 오면 휴식이 절대적으로 필요했지만, 우린 집안 곳곳에 도훈이가 상시 움직이게끔 하는 공간과 기물들을 들여놓았다. 진짜 마음 좋으신 아랫집의 양해 덕분에 아파트임에도 불구하고 마루엔 커다란 미끄럼틀이 세팅되었고, 그네는 물론 가구 기술자이신 아버지의 홈메이드 2층 침대, 트램펄린까지 웬만한 감각통합 수업을 할 수 있을 법한 놀이기구들이 온 집 안을 채웠다. 아무리 뛰어도 단 한 번도 민원을 걸지 않으신 가양동 아파트 아랫집 가족께 다시 한 번 감사드린다.

늘 아침에 일어나면 미끄럼틀을 타고 놀게 했고, 사다리로 연결한 2층 침대에선 바닥으로 뛰어내리는 놀이를 했다. 물론 엎어지고 부딪혀서 상처의 훈장도 많이 얻었지만, 그 정도는 그냥 일상이었다. 자의 반 타의 반 우리만의 하우스 감각통합(감통) 놀이터는 쌍둥이들을 한시도 가만두질 않았다. 도훈이는 버스 장난감을 좋아한다. 지금도 혼자 엎드려 버스를 밀고 당기고 하는 놀이는 최애 놀이 방법 중에 하나이다.

그럴 때마다 남편은 도훈이를 일으켜 세운다. "김도훈! 도훈아! 일어나서 놀아야 해! 엎드려서 노는 거 아니야!" 하고 단호하게 도훈이의 놀이 방법에 개입한다. 또는 아이를 번쩍 들어서 시각적 관점을 바꿔 준다. 도훈이는 내려 달라고 발버둥 치기도 울고 떼를 쓰기도 했다. 자기만의 놀이 방해에 짜증도 냈지만, 그때마다 다시 한 번 말로 표현을 제안한다. "아들~ 징징대지 말고, 말로 해!" 처음엔 하나도 먹히지 않았던 행동제안이 아이도 듣는 언어 인지가 늘어나면서 먹히기 시작했다.

동시에 말로 하는 표현도 조금씩 늘어났다. 유치원 입학 후 본인이 원하는 다음 행동까지 표현력이 나오기 시작했다. "아빠 그만해요. 아빠 내려 줘요", "나 내릴 거예요, 내려 주세요, 하지 마세요."라고 표현하면 즉각 칭찬을 해 주고 원하는 상황을 만들어 주었다. 추가로 혼잣말을 소거하는 행동이 개입되었다. 발화가 된 이후 여전히 혼잣말을 한다. 누군가에게 하는 대화일 때도 있지만, 발음이 부정확하고 시선이 불분명하여 혼잣말인 것처럼 보일 때가 많다. 그럴 때마다 눈 맞춤을 피하는 아이에게,

"눈 보고 말해요! 눈 보면서 천천히 말해요."

"아들, 눈 똑바로 보고 말해야지 들어줄 거예요!"

라고 말하며 도훈이에게 지시하며 표현을 이끌며 요청을 받아 준다. 도훈이가 뭔가 원하는 행동, 사물, 음식 등이 생길 때 집중력이 응집된다. 그때를 놓치지 않고 순간을 캐치하여 아이와 소통하며 상황을 만들어 갔다. 집중력을 키우는 생활환경 내 상황에선 보호자가 늘 예의 주시하며, 아들의 반응을 이끌어 냈다. 이런 행동 개선 개입은 쉼 없이 진행되었다.

이때 우리 가정에서는 조금 더 디테일하게 잡아 주었던 것 중 하나는 '구체적으로 칭찬하기'이다. 당연히 즉각적인 칭찬과 보상이 필요하다. 이는 ABA 프로그램에서 강조하는 것이다. 거기에 우리는 왜 보상을 받는지, 왜 칭찬을 받는지에 대한 구체적인 안내를 해 주었다. 특히 상황에 맞게 언어적 표현을 할 때에는 더

크게 칭찬해 주고 비타민, 사탕 등의 보상을 제시하였다.

초등학교 입학 이후엔 먹는 보상보다는 놀이행동의 보상이 좀 더 효과를 발휘하였다. 바깥놀이, 자전거 타기, 스마트폰 1회 등 보상에 대한 상황을 만들었다.

도훈이의 발화와 언어적 표현을 늘리기 위해 좋아하는 음식과 물건으로 유혹하며 지속적인 눈 마주침을 진행하고 있다. 사실 진단을 받았을 땐 도훈이가 말을 못 할 수도 있다고 생각했다. 암담했던 시절이었다. 불안과 불확실성에 보호자가 조급했던 것도 사실이다. 그래서 어떻게든 말을 할 수 있게 노력했다. 눈 마주침의 중요성은 끊임없이 강조하고 싶다. 상대가 원하는 방향으로의 시선 집중이 얼마만큼 되느냐가 자폐 치료에 큰 영향을 끼치기 때문이다.

도훈이에게 가장 먼저 시도했던 단어는 '까까'였다. 어느 날 배고픈지 부엌을 향하며 '마마'라고는 표현하는 걸 보고 시도에 들어갔다. '마마'라고 표현했는지 옹알이였는지 정확하지 않지만, 배고픔의 표현이라는 건 감지했다. 36개월 전후에는 과자를 늘 입에 달고 살았기에, 과자를 주기 전에 '까까'라는 표현을 유도했고, 먹기 위한 방법을 알려 주고 시도했다. 하나를 먹더라도 미션을 제시했고, 그런 군것질에 대한 단어를 쉬운 것 그리고 더 좋아하는 것부터 제시하며 아이와 함께했다.

눈 마주침이 잘 안 되는 상황에서는 손가락으로 입모양을 가리키며 입모양을 보여 주며 발음의 부정확함을 잡아 주곤 했다. 어쩌면 치료실이나 센터에서의 수업을 일상에서도 늘 진행하려 했다. 거기에 특급 도우미 도연이까지 합세하면서, 도훈이의 일상은 늘 수업의 연장선이었다. 오빠 도훈이가 엄마, 아빠의 지시를 잘 못 따라 하면 누나처럼 오빠의 행동을 지적하기도 했다. 꼬맹이인 본인도 잘 못하면서, 어른들이 도훈이를 가르치는 모습을 따라 하고 싶었는지, 제법 흉내 내곤 했다.

　도훈이에 대한 우리 가족 모두의 행동 수정 방법은 차츰 체계화가 잡혀 갔다. 어느덧 제법 말을 하기 시작했다. 3년간의 특수교육과 통합교육으로 다른 아이들이 표현하는 단어는 우리 부부가 자주 표현하는 문장까지 제법 인용하며 7살 때부턴 친구들도 도훈이의 몇 마디의 표현은 알아듣기 시작했다. 인내심이 적은 아이들은 도훈이의 표현을 무시하기 일쑤였다. 유치원에서 그럴 때 선생님들이 도훈이의 표현을 이해해 주시며, 아이들에게 전달하는 메신저 역할을 해 주셨다.

　초등학교를 다니고 있는 지금은 깜짝 놀랄 정도로 부사나 조사 등 수식어를 써 가면서도 표현한다. 그 모습을 보고 직간접 학습과 지속적인 관심과 자극이 중요함을 늘 깨닫는다.

도훈아, 놀자!
도훈이 1번 친구는?

　도훈이의 최고 친구는 남편 김학인 씨다. 밖에 나가면 아빠랑 아들이랑 똑같이 생겼다는 사람들에게 "비슷하게 생겼지만, 인물은 제가 한 수 위입니다."라고 너스레를 떠는 남편이다. 남편은 가끔 불쑥 예측불허한 장난감이나 놀이 환경을 만들어 낸다. 도훈이 맞춤형 놀이인데, 도연이도 같이 참여하면서 상호작용, 경쟁, 인지 향상 등 놀면서 학습적인 측면도 많이 고려한다.

　우리 남편은 체육 관련 전공에 워낙 노는 걸 좋아하는 사람이다. 몸으로 놀고 본인도 함께하는 걸 좋아한다. 아이들을 좋아하고 놀아 주는 건 정말 다행이지만, 아쉽게도 저질 체력의 소유자라 30분 놀아 주고는 녹초가 되어 쓰러진다. 남편이 도훈이랑 놀아 주는 놀이 방법 중 발달영역에 도움이 될 수 있는 몇 가지가 있다.

　첫 번째는 무전기 놀이다. 외출 시, 총 4대의 무전기를 쌍둥이들과 보호자가 각각 목걸이로 메고 나서는 거다. 보호자의 시야에서 벗어날 때마다 서로 무전을 보내 위치를 파악하고 호명에 반응하게끔 한다. 6살 때 처음 했던 놀이인데, 무전기의 숙련도가 부족했던 탓에 아이는 처음엔 듣기밖에 할 수 없었다. 무전기를 통해 아이와 소통하고 당장 눈앞에 보이지 않더라도 아이에게 엄마 아빠가 계속 주시하고 있음을 안내해 주며 안정감 있게 아이가 활보하고 놀 수 있도록 도와준다.

"김도훈, 나와라 오버! 김도연 어디냐 오버!"

쌍둥이 여동생 도연이는 오버가 뭐냐며, 계속 물어본다. 왜 오버라고 하냐고? 영어 'OVER'란 단어를 대화 끝 붙여서 전달 사항이 끝났음을 알려 준다고 설명을 해도 오버에 대해서는 끊임없이 물어본다.

"그래서 왜 오버라고 하냐고요?"

무한반복 질문과 답변의 연속이다. 한번은 주말에 서울 소재 대학교 내 치료수업을 갔다가 낯선 캠퍼스에서 도훈이를 잃어버린 적이 있다. 잠시 한눈을 판 사이에 아이를 놓쳤다. 처음 간 곳이어서 우리도 지리적 위치를 잘 모르는 곳이었다. 무전기로 아이 이름을 불러도 반응이 없어서 혼비백산했었다. 남편은 이리저리 도훈이가 좋아할 만한 위치를 찾아다녔고, 난 잃어버린 위치 주위를 맴돌며 계속 무전기에 도훈이 이름을 외쳤다. 캠퍼스 내 차들도 다니고 있어서, 정신없이 애를 찾아 뛰어다녔다. 십여

분 동안 찾던 중 지나가던 학생이 다행히 무전기에 답해 주어 울고 있던 도훈이를 찾은 적이 있다. 놀랐던 아이가 무전기 사용법이 서툴러 버튼을 잘 누르지 못하고 있는 것을 학생이 위치를 알려 줘서 찾았던 기억이 있다.

이후 초등학교 입학 후엔 무전기 업그레이드 버전으로 키즈워치폰을 사 주었다. 무전기 활용이 조금 불편하다는 생각이 들어, 학교 입학 후 쌍둥이들에게 똑같이 키즈워치폰을 선물로 사 주었다. 사실 사 주게 된 원인도 미아 발생에서 시작되었다. 집 앞 백련산 등산 중 아이를 잃어버려 한 시간 동안 산꼭대기에서 애를 찾느라 고생한 후 지금껏 잘 사용 중이다. 위치추적은 물론 강제통화까지 아이의 동선을 확인하기엔 최적의 요물이다.

두 번째는 등산이다. 남편이 산을 좋아한다. 주말 출장이 많은 직업이라 시간을 자주 내지는 못하지만, 어릴 때부터 혼자 머리를 식히려고 산에 갔다고 한다. 어른들도 쉽게 오르지 못하는 고지까지 아이를 데리고 종종 가곤 한다. 도훈이가 곧잘 걷기 시작한 이후부터 산을 가곤 했다. 어린이집 다닐 땐 소풍이나 야외학습을 산으로 자주 갔던 터라 도훈이에게는 산이 놀이터처럼 느껴졌을 수 있다. 가급적 산에서도 즐거운 추억을 만들어 주려 하는데, 남편과의 산행은 가끔 극기 훈련에 가까울 때도 있다.

많은 산을 다녔다. 한라산 영실코스, 북한산 원효봉은 물론 마실 가듯 사는 집 근처 궁산, 백련산까지 틈만 나면 도훈이의 평형

감각 운동 발달을 위해 등산을 간다. 산에 갈 때마다 남편은 간식과 물은 기본이고, 경우에 따라선 도시락을 챙겨 가서 산 정상에서 아이와 꿀맛 같은 식사를 하고 오곤 한다. 많은 치료실에서 아이의 유산소 운동을 추천하며, 이 중 비용이 들지 않고 쉽게 할 수 있는 등산을 가장 우선으로 추천한다. 남편은 발달장애 아이들에게 등산이 최고의 운동 장소라고 추천받은 후, 가족, 친구들까지 꼬셔서 도훈이를 위한 산행을 감행한다.

산의 울퉁불퉁함은 아이의 평형감각을 바로잡아 주고, 산에 오르는 동안 아이의 호흡을 키워 준다. 도훈이의 경우 호흡이 짧은 편이다. 말을 많이 해야 실력이 느는데, 도훈이도 말은 적게 하고 눈빛이나 행동으로 표현하다 보니 호흡이 상대적으로 짧다. 이러한 부족함을 잡아 주는 데 등산이 최고의 운동이고 최적의 놀이터이다. 아이에게 모자나 액세서리를 꼭 건네주며, 물건을 잃어버리지 않고 간수하게 하여 자기 물건에 대해 집중하게끔 한다.

조금 올라가다 힘들면 비타민으로 당근책을 쓰고, '다 왔다…. 거의 다 왔어….'라는 말을 회유책으로 쓰며 항상 산의 정상 또는 계획한 목적지까지 오르곤 한다. 그래서 도훈이도 이젠 꾀가 생겨서, 산에 가자고 한 후 계단 첫걸음을 떼면서 하는 말이 있다.

"엄마! 아빠! 이제 거의 다 왔어?"

산을 오르며 수십 번도 더 외치는 말이다. 지나가는 등산객들이 다들 기특하고 귀엽다고 웃어 주신다. 가끔 뜻하지 않은 간식

선물도 많이 받는다. 이러한 상황을 도훈이도 조금씩 인지하고, 산에서의 예절에 등하산하는 등산객들과 인사도 나누며 발전하고 있다.

세 번째는 어릴 때 집에서 해 줬던 미니 운동회 놀이이다. 이름을 붙이기에도 좀 애매한데, 치료실 감통수업에서 착안한 홈스마트 감통놀이라고 해야 할까? 4살부터 6살 때까지 응암동으로 이사 오기 전까지는 가양동에서 자주 했던 놀이이다. 미끄럼틀과 소파를 중심으로 집 안의 모든 의자를 거실에 둘러 모아 징검다리 만들어 미니 운동회를 만들곤 했다. 거기에 매트까지 깔면 우리 어린 시절 보았던 명랑운동회의 축소판이라고 해야 할까? 작은 의자, 큰 의자를 뛰어넘고 오르락내리락하며 두꺼운 이불 앞구르기에 미끄럼틀 슬라이드까지 도연이와 경쟁을 붙이곤 했다.

물론 아랫집에서 엄청난 배려를 해 주셔서 아무리 뛰고 굴러도 이해를 해 주셨으니 가능했던 놀이이다. 아빠가 시범을 보이고 도연이가 따라 하면, 도훈이도 모방하면서 놀이의 개념을 알려 준 시작이었다. 그러고 나서는 가구 기술자이신 친정아버지께 요청해서 2층 침대까지 우리 방 안에 세팅하고, 그네까지 설치했다. 남편은 한때 방 벽면에 키즈 클라이밍도 설치해 보려고 알아볼 정도였으니, 감각통합 능력을 끌어내기 위해 엄청나게 노력했던 시절이었다.

네 번째는 낚싯줄 테니스이다. 집에서 하는 놀이 중 하나인데,

도훈이의 시·지각 협응 운동능력을 높이기 위해 특수체육을 배우고 와서 만든 놀이이다. 발달장애 아이들의 특성 중 시·지각 협응력이 부족한 경우가 많다. 움직이는 공을 제대로 못 잡는 경우이다. 운동신경이 좋지 않은 경우에 공을 던져 줘도 두 손으로 잡는 데 오래 걸리는 경우가 많다. 나 같은 경우에도 운동신경이 부족해서, 던져 주는 공을 두 손으로 잘 못 잡는다. 도훈이도 운동신경이 늦기에 남편이 이러한 점을 보완하기 위해서 만든 것이 일명 '낚싯줄 테니스'다.

마루 천장에 낚싯줄로 공을 매달아 놓고 작은 라켓으로 공을 치는 놀이이다. 남편은 대학 시절 테니스를 배웠던 경험에서 줄에 묶인 공이 다시 돌아오고, 그 공은 연속하여 치게끔 만든 것이다. 강하게 치면 다시 칠 수 있는 확률이 낮기에 천천히 치라고 주문한다. 또한 도전 횟수를 정해 놓고 아이가 공에 더욱 집중하고 숫자 세기, 그리고 미션 달성에 대한 성취감을 유도한다. 추가로 양손으로 교차하며 치면서 양손 협응력까지 업그레이드시킨다. 낚싯줄이 투명하다 보니 멀리서 보면 공만 하늘에 둥둥 떠 있는 것처럼 보인다. 그래서 처음엔 쌍둥이 모두가 신기한 듯 경쟁을 하듯 놀았다.

두 아이에게 주로 미션용으로 사용한다. 스마트폰 사용, 만화 보기 등을 하고 싶으면 테니스 연속으로 20번 치기 등 도훈이가 원하는 무언가를 하기 위한 방법으로 낚싯줄 테니스를 활용한다.

그래서 우리 집 마루엔 매일 공이 둥둥 떠다닌다. 밤낮을 가리지 않고, 아이들은 아빠의 미션에 맞춰 오늘도 낚싯줄 테니스를 한다. 다른 가정에서도 큰 비용 들이지 않고 집에서도 충분히 할 수 있는 놀이라 생각한다. 여기에 조금 더 업그레이드하여 배드민턴을 가르쳐 보기도 했는데, 공간적 제한 때문에 쉽지 않았다. 묶여 있지 않는 공을 따라가 라켓으로 치는 운동으로 발전시키려고 노력한다. 그래야 친구들과 상호작용하며 룰을 이해한 상태에서 게임을 할 수 있기 때문이다.

다섯 번째는 축구이다. 축구단체에 근무하는 남편은 간단한 축구 장비를 들고 달밤에 아이와 축구를 시도한다. 종종 퇴근 후 시간이 되면, 삼각콘 2개, 축구공, 그리고 호각을 들고 아이를 꼬셔 집 앞 놀이터로 나선다. 아이는 축구보다는 자전거 타기에 관심이 있지만, 남편은 축구 미션 성공의 보상으로 자전거 타기를 허용한다. 확실히 보상은 집중을 높여 주는 효과가 있다.

축구하는 도훈이

또래의 다른 아이들은 축구교실에서 드리블, 패스, 슛까지 배우지만, 아직은 서툰 도훈이는 발로 공을 잡고 차기, 그리고 골대에 집어넣기를 한다. 골문 안으로 정확히 축구공을 발로 차게 하는 연습을 한다. 처음엔 발로 차기보다는 축구공을 손으로 잡기, 던지기, 엉뚱한 곳으로 차기 등이 반복되었다. 화가 잔뜩 난 남편은 씩씩대다가 자전거란 보상책을 발견하고, 미션을 활용하기 시작했다. "아들, 축구공 발로 차서 골인 10번 하면, 자전거 타기!"라고 외치며 자전거를 삼각콘 골대 옆에 세워 놓고 아이를 자극한다.

물론 자전거도 좋은 운동 놀이이지만, 남편은 도훈이가 자전거를 혼자 타는 것을 좋아하기에 가급적 상호작용하는 놀이를 만들어 주려 한다. 특히 축구를 연습시키는 이유 중 하나는 학교 체육 수업이나 친구들과 놀이 중 축구가 가장 쉽게 접근할 수 있는 방법이기 때문이다. 남편은 축구교실에 입단시켜 다른 아이들의 뛰노는 모습과 축구 방법을 직간접적으로 시켜 주고 싶다 한다. 허나 아직은 단체 경기인 축구에 참여하기엔 부족하고, 그 부족함이 다른 친구들에겐 방해 또는 훼방의 모습처럼 보일 수 있기에 그 실력과 규칙을 조금씩 발전해 나가고 있다.

야외에서 아이들과 체육수업을 진행할 때 나타나는 부작용이 있다. 바로 소극적인 태도이다. 놀이터에서 하다 보면, 동네 아이들이 같이하고 싶어 몰려들곤 한다. 상대적으로 실력이 부족한 도훈이는 한두 번 참여 후 스스로 부족함을 인지하고 회피하곤 한다. 같이 참여를 이끌고자 하지만, 아이의 자신감은 아직 준비가 덜되었을 때 남편은 괴로워하며, 다른 동네 아이들과 실컷 놀아주고 돌아오곤 한다. 그래서 1:1 집중교육으로 아이의 기능과 자신감을 키워 주는 것이 중요하다고 느끼곤 한다.

여섯 번째 놀이는 주사위 보드게임이다. 남편이 아이들의 학습과제와 신체활동, 체육수업까지 연계해서 만든 일명 응암동 주사위 보드게임이다. 그날그날마다 아이들이 좋아할 만한 미션을 넣어서 시작과 끝을 정해 주사위로 전진하여 승리하는 게임을 만들었다. 앞서 이야기한 테니스를 비롯해서 트램펄린 뛰기, 한 발 뛰

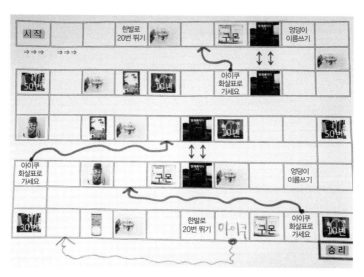

아이들 미션 수행을 이끌기 위한 아빠표 보드게임

기, 물 마시기, 비타민 먹기뿐만 아니라 1일 학습지 풀기, 엉덩이 이름 쓰기, 그리고 도훈이가 좋아하는 엘리베이터로 위아래 건너 뛰기 등의 미션을 포함시켜 흥미를 유발시킨다.

집에서 아이들이 쉽게 접할 수 있는 미션을 사진을 찍어 보드게임에 반영한다. 새로운 아이템이나 간식 등이 생기면, 바로 컴퓨터로 출력하여 아이들의 관심을 이끌어 낸다. 기대했던 것보다 그 이상으로 쌍둥이 모두 흥미를 붙이며 게임에 참여한다. 친구들이나 사촌들과 해도 모두 재밌어 한다. 이렇게 보드게임으로 수일간 밀렸던 1일 학습지나 학교 숙제도 아빠의 계획된 플레이 속에 군말 없이 쓱쓱 해 나간다.

남편이 이렇게 놀아 주는 사이 나는 밀린 공부도 하고 집안일도 하고, 쉬기도 하면서 서로가 좋아하고 더 잘할 수 있는 일과 항목을 구분했다. 나와 남편이 저질 체력만 극복한다면 우리 집안엔 더욱 활기가 피어날 것 같다. 혼자 자기만의 공간에서 뚝딱뚝딱 할 때에는 오늘은 또 무슨 놀이를 하려고 준비하는지, 이제는 슬슬 기대감이 높아져 간다. 도훈이뿐만 아니라 도연이도 아빠가 자상하게 아이들 눈높이에 맞게 맞춤형 놀이를 해 주는 것에 대해 경쟁하며 즐거워한다.

사회 속으로!
나도 잘할 수 있어요

도훈이의 학교 진학을 위해 이사를 한 후 우리가 가장 먼저 한 것이 지역 내 학원, 특수치료센터 등 방과 후 프로그램 확인이었다. 도훈이가 무조건 체육이나 신체활동을 많이 해야 한다는 남편의 의견을 반영하여 태권도장에 보내기 시작했다. 남편은 이사하기 전부터 태권도를 보내고 싶어서 애들을 데리고 집 앞 태권도장을 종종 다녀오곤 했다. 태권도장에 대한 거부감을 줄이기 위해 줄기차게 다녀왔고, 이사 후 유치원 친구들이 다니는 태권도장을 다니기 시작했다.

낯선 공간에 대한 거부감, 신체활동에 대한 소극적 태도 등으로 수차례 도장에 가기를 거부했다. 여전히 신체활동에 있어 다른 아이들보다 뒤처지는 도훈이는 태권도 가는 걸 꺼리지만, 무섭지만 친절하신 관장님, 사범님들의 지도하에 1년 넘게 다니고 있다. 여전히 틈만 나면 안 가려고 잔머리를 굴린다. "발이 아파요.", "피곤해요, 자전거 타서 힘들어요! 집에서 자야 해요." 등 잔꾀를 굴리며 말하는 거짓말이 너무 귀여우면서, 신통방통하다. 다행히 도연이도 함께하기에 자연스럽게 의지하며 한발 한발 수련을 쌓기 시작했다.

몇 번 몰래 가서 지켜봤지만, 도훈이의 수련 태도는 여전히 엉망진창이다. 혼자 대열 이탈은 물론 사범님 지시나 품새 동작 거부 등 도장에서 돌봐 주시는 게 감사할 정도다. 아무래도 태권도장은 신체활동을 통해 자신감을 길러 주는 게 목표인데, 엄청 잘 뛰는 형들이나 친구들 사이에선 확실히 소외되곤 한다. 자신감을 길러 주기 위해 보냈으나, 혹여나 자신감이 결여되어 오는 건 아닌지 걱정스럽기도 하다.

하지만, 이때마다 사범님들이 도훈이를 챙겨 주고, 같이 수업 받는 친구나 형, 누나들이 이따금씩 챙겨 줄 때 도훈이도 못 이기는 척하고 졸래졸래 뭔가는 따라 한다. 벌써 1년간의 태권 수련을 통해 빨간 띠를 받아 왔으니, 1품까지 도전해 보자는 게 남편의 목표이다.

요즘 초등학생들은 너무 바쁘다. 학교 방과 후 수업, 학원, 선생님 방문학습 등 다들 바쁘게 무언가를 배우고 있다. 나는 유치원 교사 시절 한글을 모르고 학교를 가도 된다고 가르쳤다. 우리나라 교육 체계상 한글은 학교에서 가르치는 것으로 구분되어 있다. 내가 학부모님들에게 늘 그렇게 이야기했으니, 당연히 우리 아이들도 유치원 시절엔 그다지 한글, 숫자 공부를 시켜 본 적이 없다. 그런데 막상 학교를 가려 하니 슬슬 겁이 나기 시작했다. 나의 가르침이 잘못된 것이었을까? 왜 교육부는 유아 과정 누리 과정에 선행학습에 제한을 둔 걸까? 너무 FM 교사 마인드였나? 결론은, '지난 시절을 후회한들 무슨 소용인가? 지금부터라도 열심히 잘하면 되지.' 하고 생각했다.

유치원을 다니던 7살 시절 여름, 마트 문화센터 앞에서 만난 학습지 선생님과 눈이 맞아 학습지 선생님 방문을 결정하였다. 사실은 보호자 결정보다는 도연이가 학습지 선생님의 선물 공세 유혹에 넘어가 학습지를 하겠다고 했다. '과연 도연이가 하고 싶다고 우리 도훈이가 학습지를 할 수 있을까?'라는 의문에서 도훈이도 덩달아 1+1 전략으로 시작했다. 우리 부부는 밑져야 본전이라 생각했고, 도연이를 통해 도훈이에게도 선생님 시샘을 유도하여 경쟁심을 키워 학습능력을 만들고자 했다.

당연히 처음엔 둘의 학습지 난이도는 차이를 두고 시작했다. 방문 선생님께도 도훈이의 장애를 설명 드렸고 수준에 맞춰 난이도를 도연이보다 2단계 낮춰서 시작했다. 반복 학습을 요하는 학습지를 선택했고, 지속적인 반복학습으로 수학은 6개월 만에 제법 도연이 수준까지 바짝 따라붙었다. 한글은 쓰기나 읽기 등 차이가 나지만, 하나씩 스텝을 밟으며 제법 읽고 쓰기를 하고 있다.

우리는 집이란 편안함이 주는 영향이 학습지를 통한 배움에 좋은 영향을 끼쳤다고 판단한다. 특수치료실 환경보다 어쩌면 동급생보단 수준을 조금 낮춘 홈티가 도훈이에게는 더 적합한 교육 방법 중 하나였다고 생각한다.

방문 학습지 선생님의 근무 여건상 수업을 끝내고 다음 수업을 가셔야 하기에 학습 시작 전 인트로가 짧다. 치료실에서는 서론, 본론으로 수업을 진행하는 스토리 방식이 있지만, 방문학습은 시간 관계상 바로 본론으로 들어가 핵심만 전달하고 과제를 내주는 방식이다. 한 달만 해 보자는 심정으로 도연이와 패키지로 묶어 시작한 수업이 1년째 지속되고 있고, 이제는 금요일 저녁 학습지 선생님이 방문하시는 날을 기다린다.

상대적으로 장애 아이를 수업해 보신 적이 적으시지만, 너무도 좋은 성품으로 쌍둥이들을 가르쳐 주신다. 초반 아이의 돌발 행

공부하는 도훈이

동에 당황도 하셨겠지만, 잠시의 우려 후 너무도 자연스럽게 도훈이를 통제하고 수업을 하신다. 방문학습지 선생님과의 수업과 진도, 그리고 도훈이의 학습능력에 대한 자신감을 확인한 후 치료수업과의 장단점을 비교하기 시작했다. 여전히 치료수업이 필요하지만, 초등학교 입학 후엔 예체능 외엔 가급적 1:1 치료실 수업의 비중을 낮춰 가고 있다.

학교 입학 전부터 방과 후 체육수업에 대해 알아보았다. 남편의 건강한 신체에서 건강한 정신이 나온다는 체육인 마인드를 받들어 수영에 도전했다. 사실은 수영도 도연이가 먼저 희망하여 도훈이도 깍두기로 연습 삼아 체험 정도로 수영을 시작했다. 도연이가 물꼬를 트면, 도훈이는 따라가는 교육 방식이다. 처음엔 둘이 잘하다가, 도연이는 물이 차갑고 무섭다는 이유로 중도 포기했지만, 도훈이는 꾸준히 1대1 수영과 그룹 수업을 병행하며 주 4회 수영을 하고 있다.

수영을 배운 지 1년이 되어 가지만, 여전히 혼자 옷을 완벽히 입고 벗는 것에 좀 서투르다. 처음부터 가장 걱정했던 부분은 수영복을 입는 것과 벗어서 가방에 챙겨 오는 것이었다. 다행히 요즘 어린이 수영장에선 스스로 할 수 있기 전까진 옷 입기와 벗기기를 도와주신다. 개인레슨 수업 선생님께는 도훈이의 장애를 설명 드리니 먼저 물과 친해지는 것을 시작으로 도훈이가 지치지 않게 수업을 이끌어 주신다.

그러나 그룹 수영에서는 아무래도 부족한 모습이 눈에 보이곤 하지만 기대 이상으로 신통방통하게 곧잘 따라 한다. 키판 잡고 발차기부터, 레인 돌기 등 하려고 노력하는 모습이 보인다. 하울링이 있는 공간 특성상 태권도장 사범님 이상의 기합 소리로 아이들을 케어하는 수영 선생님들의 카리스마에 도훈이도 집중한다. 혼자 수영하려면 한참 더 걸려야 하지만 남편은 최소한의 자유형까지 마스터하면, 등산과 자전거 타기 이상으로 같이할 수 있는 운동이 생겨 좋을 것 같다고 기대하고 있다.

도훈이의 수영 수업의 가장 큰 수확은 자신감 만들기이다. 축구나 달리기, 태권도등의 일반체육 수업은 비장애 아이들과 출발점도 다르다. 중간 과정이나 결과도 달리 나온다. 확연한 차이가 난다. 그러나 수영은 물속에서의 제약으로 인해 비슷한 출발점과 나온다. 특히 초급반 그룹수업에서 다른 친구들과의 크게 차이 없는 진도 과정이 도훈이한테 나름 자신감을 불어넣어 주었다.

아이에게 체육수업은 확실히 심신 치유센터이다. 자신감도 찾고, 사회성도 기르고 눈에 보이는 신체활동 능력 향상으로 양육자인 부모 마음도 안정시켜 주는 곳이다. 제법 수영을 즐기는 아들의 밝은 표정에 선생님들께 너무도 감사하게 생각한다.

"아들! 수영해서 아빠한테 이길 수 있지? 파이팅~"

여전히 가야 할 길이 멀다

　도훈이 장애 진단 후 어떤 교육이 적합한지 퍼즐 맞추듯 시간과 환경이 가능한 경우의 수를 다 꺼내 놓고 하나씩 맞추고자 했다. 그중에 동물과의 교감 영역은 여전히 커다란 장벽에 부딪혀 있는 부분이다. 5살 때 승마를 통해 자폐성 발달장애 치료에 큰 효과를 본 아이가 있다는 뉴스를 보게 되었다. 서울 주변 승마장을 찾아보게 되었고, 친정 근처인 경기도 인근의 영유아들도 이용하는 승마장을 방문하였다. 처음에는 말만 구경하고 오고, 2주차엔 말을 한번 만져 보고, 3주차에 드디어 말을 태우고자 시도했다.

　광고엔 자폐성 발달장애 아이들을 승마 체험 및 치유를 하는 곳이라고 갔는데, 너무도 실망을 했다. 아이의 습성, 컨디션은 전혀 고려하지 않은 채 억지로 태우는 바람에 오히려 도훈이가 말에 대한 트라우마가 생겨 동물을 기피하게 되었다. 성인 기준에선 포니라는 말이 적당한 크기의 작은 말이겠지만, 아이가 볼 땐 엄청나게 큰 말로 느껴졌을 것이다. 겨우 말에 다가서려 했는데, 한순간에 잘못된 지도 방법으로 거부감이 확장되었다.

그전엔 작은 강아지도 제법 만지곤 했는데, 일상에서 흔히 볼 수 있는 비둘기, 강아지, 고양이는 물론 파리까지 다 무서워 피하는 부정적 상황이 만들어졌다. 이후 몇 번이고 작은 강아지를 동원하여 동물과의 교감을 시도해 봤지만, 아직까지도 놀이터 비둘기에도 뒷걸음질 치고 있다.

남편이 집에서 쌍둥이들과 놀 때 가장 먼저 시작하는 것은 순서 정하기다. 가위바위보로 순서를 정하는데, 도훈이가 가위바위보를 내긴 하지만 무엇이 이기는지에 대한 인지가 부족하다. 아무거나 내고 무조건 자기가 이겼다고 먼저 한다고 한다. 만 5살 때부터 가위바위보에 대한 인지가 있었으나, 당시엔 흉내만 내는 모방에 치중했다. 1학년이 된 지금은 무한 반복과 친구들 놀이를 모방하며 이기고 지는 것에 대한 이해를 해 나가고 있다. 1:1 가위바위보는 이해하나, 다자간 승리에 대해선 여전히 어려운 모양이다. 그래서 사회성 놀이와 인지 부족을 어떻게 개선시켜 줘야하는지 늘 고민이다.

유치원에 다니는 친구들 중 가위바위보에 대한 이해를 어려워하는 아이들도 종종 있다. 물론 곧 이해하고 무리와 섞인다. 하지만, 초등학생들은 이 수준을 훌쩍 넘어서 묵찌빠 놀이를 시작한다. 같이 섞이려면 여러 명이 하는 놀이의 룰을 이해해야 한다. 뒤떨어지면 당연히 친구들과의 놀이에서 제외된다. 아직 단순한 놀이에 대한 이해도가 여전히 부족하다. 가장 단순한 술래잡기, 얼음땡 놀이 등 초등학교 수준에 맞는 놀이를 집에서 무조건 많이 해 주려 노력한다.

여기서 놀이 학습에 대한 집중이 달라진다. 무언가를 가르칠 때 학습은 착석을 기본으로 연필을 쥐고 책이나 공책을 펼쳐 시작하는 데 비해 가위바위보나 술래잡기 등 놀이학습은 마냥 노는 거라 생각하기에 집중이 떨어진다. 뭔가 알려 주고 가르치려 하는 순간 이미 장난을 치려고 얼굴에 장난기가 가득이다. 먹는 것으로 유혹해도 이미 마음은 둥실둥실 장난기에 사로잡혀 게임의 룰은 무한 반복으로 설명해도 룰을 이해하는 데에는 시간이 꽤 걸리는 작업인 것 같다. 한글도, 숫자공부(수학)도 제법 체계가 잡혀가는데, 놀이에서의 규칙이 난이도가 더 높은 것 같다. 그래도 꾸준한 방법이 최고라 생각하여 오늘도 진행은 하지만, 다자간 가위바위보와 묵찌빠를 이해하는 그날을 학수고대하고 있다.

"아들, 보자기하고 주먹을 내면, 왜 보자기가 승리할까? 큰 보자기가 주먹을 감싸서 꼼짝 못 하게 하니깐 보자기의 승리야. 알겠지."

"도훈아, 도연이랑 엄마랑 가위바위보 하자. 셋이 같이 내서 누가 이겼는지 볼까?"

늘 집에서 상황을 만들어 모든 놀이의 첫 단계인 가위바위보부터 시작하며 게임을 준비한다.

자녀를 키우는 부모는 아이를 데리고 병원에 가게 된다. 심각하지 않은 감기 정도의 진료 등은 수도 없이 가지만, 피할 수 없는 상황은 한 번 이상 발생하기 마련이다. 6살 때 김도훈 어린이가 어금니가 썩어 음식을 거부하기 이전까지는 주삿바늘이 병원에서의 가장 어려운 진료라 생각했다. 다행인지 다른 또래 아이들보다 이빨이 늦게 났다. 그래서 초등학교 입학 때까지도 이빨을 뽑지 않았다.

충치로 인한 식음 전폐가 치과와의 첫 만남이었고, 6살 여름이었다. 이빨이 아픈지 자꾸 손가락으로 이빨을 만지기 시작했다. 말을 제대로 잘 못하니, "아야해, 아야해."라고 하면서 음식을 잘 안 먹기 시작했다. 야쿠르트, 초콜릿을 많이 먹어서 이빨이 썩었다고 이야기했더니, 시무룩해졌다. 손가락에 상처가 날 정도로 이빨을 쑤시는 행동이 늘어났다. 그래서 곧바로 수소문을 하여 집 근처 어린이 치과 세 곳을 예약했다.

치과 진입은 한마디로 전쟁이었다. 치과 문 앞에서부터 대치하기, 우는 아이 보고 같이 울기, 대기실에서 드러눕기, 겨우 달래서 진료실 들어가면 입 안 벌리고 탈출하기 등 인생 최고로 진을 쏙 뺐다. 물론 도훈이도 힘들었겠지만, 보호자 입장에서도 엄청 힘들었다. 입을 벌려야 사진을 찍고, 충치 개수를 확인하겠건만

의사 선생님 입장에선 진짜 역대급 환자를 만났다고 하실 정도였다. 다행히 진료 전 선생님께 아이의 장애를 말씀드렸고, 모든 선생님들은 상황을 이해하고선 병원 환경에 맞는 진료 방법을 설명해 주셨다.

세 곳이나 간 이유는 아이가 조금이나마 적응을 할 수 있을까 때문이었지만, 그 효과는 미비했다. 세 군데 중 한 곳에서는 아이 치료를 위해 전신마취 후 치료를 해야 한다고 했다. 한 번에 여러 개의 치료는 컨디션에 영향을 주기 때문에, 최소 2번에 나눠서 해야 한다고 했다. 총 6개의 치료 개수를 확인했지만, 시급한 한 개만 먼저 레진치료를 받기로 했다. 그리고 치료는 어떻게 해야 할지 고민했다. 전신마취를 해야 할지, 아니면 몸을 결박하여 치료받아야 할지가 관건이었다. 이빨은 치료해 줘야겠고, 안 하자니 매일 밤 아프다고 징징대니, 결정은 빠를 수밖에 없었다. 남편과 고민 끝에 결박 후 치료를 하는 병원으로 결정했다.

대망의 날이 다가왔고, 하루 전부터 도훈이에게 치과에서 로봇 이빨을 해야 한다고 설명했다. 이빨이 아파 식음을 전전긍긍했던 상황이었기에 본인도 아픈 이빨을 치료할 의사는 갖고 있는 듯했다. 주말이 되어 아침 일찍 어린이 치과로 나섰다. 일단 차에는 올라탔지만, 시무룩한 얼굴을 아직도 잊을 수가 없다. 치료 후 초코우유를 사 주고 좋아하는 엘리베이터를 두 번 태워 주는 조건으로 치과까지는 입장했지만, 진료실 입장 전 난리가 시작되었다.

이미 앞서 치과에서 울고 나오는 친구들을 목격했던 터라 저항이 컸다. 가급적 힘으로 제압하지 않으려 했지만, 앞으로 식음을 전폐하고 초코우유만 먹일 순 없기에 온 가족이 동원하여 도훈이를 치료베드에 눕혔다.

치과 선생님들은 역시 기술자라 다르긴 하셨다. 애가 눕자마자 간호사 선생님과 의사 선생님은 도훈이의 팔과 다리를 결박했다. 너무도 순식간이었고, 바로 아이 입을 벌리고 개구기를 장착시켰다. 부모가 선택한 일이었지만, 그 모습을 눈으로 보고 있자니 마음이 불편했다. 주사마취를 시작으로 치료는 시작되었고, 울고불고 한바탕 난리를 치르는 모습이 너무도 불쌍하게 여겨졌다. 그리고 내 마음도 너무 아팠다. 의사 선생님은 투철한 직업정신을 바탕으로 아랑곳하지 않고 치료를 마무리하셨다.

1시간에 가까운 난리통 속에 눈물콧물은 물론 정신까지 쏙 뺐다. 한편으론 '차라리 전신 마취를 하는 곳으로 선택할 걸 그랬나?' 싶을 정도였으니 말이다. 이제 6개 중 겨우 1개 했는데, 앞으로 이 난리를 어떻게 더 해야 할지 막막했다. 그래도 가장 아픈 이빨을 해결했으니, 한시름 났다 생각했다.

그런데, 문제는 여기서 끝나지 않았다. 부분 마취를 처음 해 본 도훈이가 입술을 씹기 시작한 것이다. 병원에서도 아이가 입술이나 혓바닥을 깨물 수 있으니 조심해서 잘 지켜보시라 당부했건만, 치료 후 집에 귀갓길에 이미 입술을 몇 번이고 깨물었던 모양이다. 당연히 이상한 느낌이었겠지만, 그렇게 심하게 깨물 줄은 몰랐다. 오후부터 입술은 팅팅 불어올라 일주일 넘게 시퍼렇게 멍든 입술로 유치원을 다녔다. 이빨 아파서 음식을 못 먹었던 고통보다 입술이 붓고 터져서 못 먹었던 상황이 더 심했다. 그렇게 홍역 앓듯 치과 치료 후 6개월 후 나머지 5개 충치도 달래고 설득하고 결박해서 무사히(?) 치료를 마쳤다.

두 번째 이빨 치료는 2주간에 걸쳐 나눠 진행했다. 다행히 이빨 아픈 것보다 배고픔이 힘들었는지, 확실히 이빨 치료를 이해한 때였다. 두 번째 치과 치료 때는 인지력과 언어표현이 6개월 전보다 발전된 상황이었다. 치료 거부를 말로 표현하는 방법도 다양해졌다. 아주 위기의 상황이 발생되니, 부모도 처음 듣는 말들을 내뱉는 게 아닌가? 치과를 통해 이빨도 잘 치료했고, 뜻하지 않게 상황별 언어적 표현도 잘하는 걸 알게 된 뜻하지 않은 새로운 발견이었다.

무엇보다 치과 선생님들이 협조해 주셨다. 비용은 다소 비쌌지만, 어린이 치과에서 해야 했던 이유가 당연스럽게 생각되었다. 다행스럽게도 지난 치과 치료 경험으로 마취 후 입술 깨물기도 사라졌다. 하지만 결박하며 치료를 할 때에는 또 마음이 아팠다.

그런데, 또 애를 데리고 치과를 가야 한다면? 여전히 어려움이 가득한 숙제이다. 그래서 아침저녁으로 엄청나게 치카치카 양치질을 주문한다. "김도훈, 치카치카 해라! 안 하면, 로봇이빨 하러 치과 가야 한다!" 치과의 공포는 애나 어른이나 마찬가지인 모양이다. 벌떡 일어나, 화장실로 달려가는 아들의 뒷모습을 본다. 아침 등굣길 세수는 건너뛰어도 이빨은 닦는 김도훈 어린이. 그래도 여전히 달콤한 유혹에 조만간 치과 방문을 또 해야 하지 않을까 싶다.

도훈이가 낯선 환경에서 가끔 보이는 안 좋은 행동이 발견되었다. 바지에 손을 넣고 고추(성기)를 만지거나 꺼내서 보는 행동이다. 유치원에서도 수업 시간에 몇 차례 적발되어 선생님께 호출을 받은 적이 있다. 유치원에서 남자아이 중 가끔 유사한 행동을 하는 친구들이 있는데, 아직 성(性)에 대한 개념이 정립되지 않았을 때 나오는 행동이다. 즉각 잘못된 행동임을 알려 주고, 다른 아이들에게는 실수라고 설명을 해 준다. 도훈이의 경우엔 부담임 선생님들이 즉각 이야기를 해 주셔서 제재를 했다.

처음에는 고추(성기)가 간지러워 하는 행동이라 생각하여 남편은 목욕을 시키면서 늘 확인해 보았다. 단순한 간지러움도 호기심을 자극시킨 요인이지만, 지루하거나 무언가 남들과 소통하지 못할 때 심심하니깐 또는 자기 위안을 삼으려고 하는 행동일 때도 있다. 초등학교 입학 후에도 학교와 다른 치료 수업 시간에 수차례 선생님들로부터 이야기를 전해 들었다. 다행히, 다른 아이들로부터의 민원 발생은 없었지만, 선생님들께서 원만한 상황 정리 후 연락을 주셔서 확인된 경우도 있다.

이런 행동이 발생된 날은 나도 남편도 아이에게 고추에 염증이 나서 더 아파져서 주사를 맞게 될 수도 있고, 다른 친구들이 불편해할 수도 있다고 단단히 이른다. 그러면 혼난 것으로 인지하는지, "왜? 도훈이 이사 가야 해? 경비 아저씨가 혼내?" 하고 자기만의 언어를 내뱉으며 방어하는 모습을 보인다. 앞으로 사춘기가 되면 더 성적 호르몬이 발달할 텐데, 사실 가 보지 않은 길이라 걱정이 앞선다.

비장애 사춘기 연령 친구들도 스마트폰 발달로 엄청난 성적인 관심과 행동이 사회적 문제로도 늘어나고 있는데, 과연 장애가 있는 우리 아들에겐 어떤 모습이 나타날지? 어떻게 행동을 예방하고, 소거시켜야 할지 고민스럽다. 중학생을 키우는 선배 엄마들의 조언을 빌리자면, 핸드폰이 애들 사건 사고의 주범이라며 사춘기 친구들의 가정에서의 관리에 대한 중요성을 강조한다. 어른들이 모르는 기상천외한 별천지가 아이들 스마트폰 속에 들어 있다고 한다.

다시 본론으로 돌아와, 우리 도훈이가 주변 환경에 익숙해지면서 자연스럽게 고추 만지는 행동이 소거된 것은 사실이다. 지속적인 행동 지시도 있었지만, 사실 몇 차례 호된 훈육 후 어디에서도 고추(성기) 꺼내는 일은 없어졌다. 늘 좋은 대화법으로 아이를 통제할 순 없다. 경우에 따라선 보호자의 강한 훈육과 반복적 자극이 아이를 다스리는 방법이기도 하다.

IT와 멀티미디어 세상에서의 놀이법

2012년생인 쌍둥이들은 태어났을 때부터 스마트폰과 함께한 세대이다. 현금으로 물건을 사기보다는 카드와 핸드폰으로 물건을 사는 것을 당연히 생각한다. 이런 편리한 세상을 속 스마트폰 중독은 많은 가정의 고민이기도 하다. 안 좋은 점을 이야기한다면 수도 없지만, 우리 도훈이한테는 좋은 친구이자 학습기기로 활용하고 있다.

도훈이가 스마트폰을 만지고 놀기 시작한 건 3살 때부터였다. 도연이는 디즈니 만화에 나오는 캐릭터나 공주스타일 캐릭터를 좋아했다. 도훈이는 로봇이나 남자아이들이 흔히 좋아할 만한 자동차 캐릭터 등과는 거리가 멀었다. 특정적인 캐릭터를 좋아하진 않고 도연이가 자주 보는 캐릭터를 뒤에서 지켜보는 정도였다.

도훈이는 어릴 적부터 본인을 찍어 놓은 동영상 보기를 좋아했다. 남편이 아이들 영상을 유튜브로 올려서 종종 보여 줬던 것이 시작이 되어 지금도 핸드폰을 건네주면 엄마 아빠가 찍은 본인 동영상을 돌려보는 데 심취한다. 자기애가 강한 건지, 아니면 본인이 화면 속에 나오니깐 신기해서 보는지는 잘 모르겠다. 그런 도훈이 때문에, 도훈이의 영상을 찍고 유튜브에 올려놓는 일이 자연스럽게 이어졌다. 우리 가족은 종종 저녁 식사 후 TV를 켜고 그간 쌍둥이들 동영상을 유튜브로 볼 때가 종종 있다. 이제는 창피하다며 보기 싫다는 도연이, 본인 어릴 적 모습이 마냥 좋은 도훈이의 다툼도 있지만, 우리 눈엔 여전히 예쁜 쌍둥이들이다.

우리는 스마트폰으로 인지 능력을 키워 주려고 수차례 시도했다. 솔직히 나는 이 부분에 대해서는 극명히 반대를 했던 사람이다. '왜 애한테 핸드폰을 줘서 중독을 유도하려 하는 걸까?' 하는 마음에 남편과 종종 다퉜다. 그리고 남편의 의도보다 자연스레 아이들도 스마트폰을 만지작거렸다. 그렇게 6살부터 어플을 통한 숫자게임, 터치게임 등을 했다. 그렇다고 계획적으로 핸드폰 어플 게임을 시키진 않았지만, 시·지각 집중력과 사회적 인지능력을 높이는 게임과 어플을 알려 주었다.

이런저런 어플 중 제일 잘 활용하고 우리 부부도 허용했던 어플은 '베이비 버스'이다. 상황별·장소별·캐릭터별 인지능력과 사회성 훈련을 혼자 터득하는 좋은 길잡이가 되어 주었다. 크게 자극적이지 않고 스쿨버스, 마트, 공항 등 다양한 장소에서의 상황에 맞는 게임 방법이 도훈이의 선호도와 수준에 잘 맞았다.

핸드폰 사용 시간은 30분 내외로 허용했다. 핸드폰 사용 전에 언제까지만 할 거라고 제한된 시간을 주었다. 처음부터 시간 지키기가 정확히 지켜지진 않았지만, 반복적인 약속과 허용, 통제를 통해 시간을 지키는 습관을 만들었다. 앞에선 그만한 척하고, 몰래 방으로 들어가 하는 등 부작용도 발생하고 있지만, 그만큼 꾀가 생긴 것이라 이해하며 적당히 눈감아 주곤 한다.

다음은 스마트 AI 스피커의 상호작용 강화놀이를 했다. 말을 하고 서로 대화가 가능한 AI 카메라는 도훈이로 하여금 아침마다 자극을 선사한다. 아침마다 노래를 듣고 싶은 남편과 노래가 듣기 싫은 도훈이는 매일 아침 '클로버' 전쟁을 벌인다. 우리 집 AI 스피커 이름은 클로버이다. "클로버, 신나는 노래 틀어 줘."라는 남편의 메시지 전달이 끝나기 무섭게 도훈이는 "클로버! 음악 꺼, 음악 절대 안 돼!"라고 대응하며 클로버를 꼼짝 못 하게 한다.

5살 때부터 AI 스피커가 집에 세팅되었다. 어릴 땐 말을 잘 못하고, 하더라도 발음이 부정확해서 어른들만 통제가 가능했던 스피커를 7살에 접어들면서 도훈이도 발음을 또박또박하게 하려고 시도했다. AI 스피커를 향해 말할 때 꼭 발음을 교정해 준다. AI 스피커도 부정확한 아이의 발음을 못 알아들을 땐, 모른다고 답을 한다. 그럴 때마다 도훈이에게 설명해 준다.

"도훈아, 또박또박 이야기해, 천천히 말해 봐! 그래야 클로버가 알아들어요."

"클로버한테 오늘 날씨도 물어봐요."라고 지도해 주면서, 아이가 모방할 수 있게 하고 싶은 말을 캐치하여 먼저 말해 준다. 목소리가 상대적으로 얇은 도훈이에게 목소리의 톤도 교정할 때 활용할 수 있다. 스피커가 음성의 톤도 파악하여, 아이들 목소리는 잘 인식하지 못하는 경우가 많다. 그럴 때마다 목소리의 톤을 잡아 주면서 묵직하게 소리 내는 방법을 알려 주어 스피커와 대화를 시도하게 한다. 도훈이의 부정확하고 흩날리는 목소리는 어린아이처럼 징징대는 것처럼 들릴 수도 있다. 발음을 교정과 의사능력 표현 개선으로 AI 스피커랑 친구처럼 대화를 시도한다.

남편은 심심할 때마다 클로버 스피커랑 잡담을 나누는데, 어른도 신기한 AI 스피커 대화에 한참 궁금한 게 많아진 도훈이도 끌어들여 대화를 이끌어 내고자 노력한다. 경우에 따라 클로버 등 시중에 시판되는 다양한 통신사의 AI 스피커를 잘 활용하면, 부모나 언어치료 선생님의 역할로도 부분적으로 발전될 수 있을 것이라 생각한다.

7살이 되면서 도훈이가 인지력이 늘어나 좋아하는 만화 캐릭터가 생겨났다. 유치원 종일반에서 선생님들이 종종 틀어 준 '아이쿠' 만화이다. 외계에서 온 '아이쿠'가 지구에 살면서 발생하는 생활안전과 관련된 이야기를 담은 만화이다. 스마트폰은 물론 IPTV로도 스스로 만화를 시청하는 일이 늘었다. 긍정과 부정이 함께 공존했다.

혼자 스스로 만화를 찾으려고 시도하는 모습은 긍정적인 효과였다. 그리고 만화 주인공 아이쿠의 안전생활 캠페인 스토리는 금지 행동, 조심 행동, 추천 행동 등을 알려 준다. 도훈이가 좋아하는 버스, 엘리베이터, 에스컬레이터 등에 대한 안전 예방은 충분히 만화 이상의 가치가 있다.

그런데, 부정적인 면이 발생되었다. 스스로 스마트폰이나 TV로 만화를 시청할 수 있게 되다 보니, 집에서 혼자 만화를 보며 낄낄거리며 웃는 시간이 늘어났다. 여기까지는 혼자 여가를 보낸다고 생각했지만, 혼자 만화를 보게 하다 보니 만화 속 장면에 대해 무분별하게 모방하는 게 아닌가. '아이쿠' 캐릭터의 천진난만함이 잘못된 장면이지만, 도훈이에게는 무조건 재밌고 즐거운 상황으로 인식되고 있었다.

일상생활에서 도훈이가 떼를 쓰거나 친구들과 놀 때 혼자 "아이쿠" 하면서 넘어지는 모습이 발견되었다. 그리고 만화 속 캐릭터들이 우스꽝스럽게 넘어지는 장면을 보고 일상 속 친구들이나 어른들이 실수 또는 넘어지는 모습에 좋아하고 웃는 행동이 나타났다. 상황인지에서 발생된 문제점이었다. 공감력 부족함이 여지없이 드러난 부분이었다. 즉각적으로 말로 설명하고 어떨 때에는 다그치며 개선을 시켰지만, 한 번에 고쳐지진 않았다. 남을 이해하지 못하는 문제가 나타났다.

그 이후 혼자 하는 만화 시청을 자제시키고, 같이 보면서 잘못된 행동, 재밌는 행동에 대해 설명해 주었다. 그리고 학교나 집안에서 '아이쿠'의 행동을 모방하지 못하게 지도했다. 여전히 행동 개선을 시키고 있다. 만화를 보더라도 같이 보면서 설명해 주고, 대화를 이끌어서 만화 속 캐릭터의 행동과 표현이 무엇을 나타내는지를 가르친다.

PART 5

초등학교 장벽 오르기!

기대 반 걱정 반 초등학교 입학을 맞이했다. 1월 입학 통지
서를 받고 도훈이의 진단서, 특수교육 현황과 도훈이를 소
개할 포트폴리오를 준비했다. 통합반으로 초등학교에 입학
한 도훈이는 다른 아이들과 똑같은 패턴으로 수업에 참여
했다. 다행히 도훈이는 큰 사고 치지 않고 선생님과 친구들
의 배려 속에 학급에서 잘 적응해 나갔다.

도훈아! 이제 학교 가 볼까?

　2019년 1월, 초등학교 입학원서가 날아왔다. 우리 가족은 아이들의 초등학교 진학을 위해 이사를 했다. 현재 도훈이가 다니는 연은 초등학교는 특수학급이 있으나, 특수학생 수가 초과 상태였기에 다른 학교로 가야 했던 상황이었다. 그러나 우리는 연은 초등학교로 입학을 결정했다. 그간 준비했던 과정들로 인해 통합교육을 시키고자 준비했고 결정의 고민도 길지 않았다.　다행스럽게도 조력자 도연이도 오빠와 같은 학교를 가고 싶어 했다. 어린이집과 유치원 통합교육으로 제법 도훈이가 수업을 따라 하는 기술을 터득했다고 판단했고, 부족하지만 조금은 뒤처져서 따라 가는 관점으로 입학을 결정했다.

　도훈이의 학교 입학 준비 중에 가장 오랜 시간 공을 들인 수업이 있다. 은평병원에서 진행한 '학교 준비반' 수업이다. 시기별 발달지원 만5세 집단치료, 학교 입학 전 프로그램으로 구분하여 진행 된 수업으로 7살과 8살까지 유치원과 초등학교를 다니면서 병행했다. 유치원 하원 후 주당 6시간씩 초등학교 환경과 유사하게 만들어 수업을 진행하는 적응 교육이었다. 유치원과 학교가 다른 점 중 하나는 하원과 하교의 차이이다. 유치원은 개별하원 진행 시, 보호자가 유치원 현관까지 입장하여 아이를 호출 후 데려간다. 그런데 학교는 교문 앞에서 보호자가 아이를 만나게 된다. 이런 환경의 차이를 학교 준비반 수업을 통해 경험케 해 주었다.

처음엔 이탈하는 행동도 종종 나타났다. 워낙 베테랑 선생님들이셔서 계획된 지도하에 혼자서 할 수 있는 행동들을 늘려 갔다. 수업 받던 교실에서 혼자 실내화에서 운동화로 갈아 신고 선생님 인솔하에 1층에서 만나 하교하는 연습을 했다. 학습적으로는 알림장과 숙제를 통해 매일같이 아이와 과제를 공유했다. 숙제가 있거나 다음 날 준비물에 대해 알려 주고 준비하게끔 했다. 숙제는 매일같이 해야 한다는 미션을 제공해 주었다.

집에서의 책상 앞 착석에 대해서도 자연스럽게 따르도록 했다. 선 긋기, 색칠하기, 글씨 따라 쓰기 등 난이도 관계없이 집에서의 습관을 길러 주었다. 우선시되어야 하는 착석에 대해서도 그 시간을 늘리는 작업을 병행했다. 착석 시간 늘리기는 집에서도 꾸준히 진행되었다. 홈티 선생님, 남편의 협조와 도연이와의 학습 경쟁을 유발시키며 의자에 앉는 시간을 조금씩 늘려 갔다. 이러한 세밀한 부분은 현재 학교생활에 큰 도움이 되고 있다.

도훈이는 너무 다행스럽게 식사 예절은 끝내준다. 밥을 먹을 때 절대 돌아다니질 않는다. 밥을 먹을 때 오로지 밥과 반찬에만 집중한다. 그래서 너무 많이 먹을 때가 있어 놀라기도 하지만, 하늘이 내려 주신 복이라 생각한다. 남편은 비만이 될까 봐 걱정하지만, 할머니는 통통하고 보기 좋다 하신다. 앞서도 잠시 언급했지만, 식사 예절의 가장 큰 배경은 할머니의 사랑이시다.

시어머님은 도훈이의 식단을 가장 우선으로 준비해 주셨다. 울어머님은 도훈이가 식탁에서 벗어나지 않고 든든히 배를 채울 수 있게 늘 고민해 주신다. 우리 집안의 식단은 시골식 가정식이 기본이다. 충청도가 고향이신 시어머니는 된장찌개, 김치찌개, 청국장 등 매끼마다 국물요리와 약간의 기름기 있는 메인 메뉴를 챙겨 주신다. 물론 인스턴트 음식을 먹이기도 하지만, 그 비중이 그리 높지는 않다. 내가 맞벌이를 했기에 집에서 주방의 주인은 시어머님이 지금까지도 도맡아 주고 계신다.

우리 부부는 도훈이와 관련된 정보를 습득하면서 자폐 아이를 키운 엄마가 쓴 해외도서『자폐증의 해독치료』란 책을 보게 되었다. 저자는 음식에 대한 중요성을 강조한다. 책의 핵심 내용은 자폐 아이들에게는 유기농 제품을 먹이고, 과자를 포함한 인스턴트 식품을 금지해야 한다는 내용이다. 그리고 아이에게 좋은 음식과 재료를 소개해 주었다. 해당 책을 읽고 우리 집 평상시 식단과 비교해 보니 간간히 식탁에 오르는 인스턴트 음식과 간식을 제외하고는 이미 우리는 미국 의사가 이야기하는 식단과 유사한 것이 아닌가? 이빨이 아파서 고기를 멀리했던 것 말고는 김치, 시금치, 연근조림, 멸치 볶음 등 건강에 도움 되는 음식으로 아침, 저녁밥을 먹는다.

식사량 조절을 위해 집에서도 종종 식판에 밥을 주기도 했다. 어린이집과 유치원에서 식판에 밥을 먹는 습관을 집에서도 형성해 주었다. 이는 자연스럽게 학교에서도 이어졌다. 식판에 밥을 받고 자리에 들고 와서 먹고, 치우는 것에 대한 순서를 집에서도 가르쳤다. 특히 밥을 다 먹고 싱크대에 넣는 것까지가 도훈이가 식사 후 해야 할 행동이다.

더불어 식사 시, 양손 협응과 젓가락질 사용법을 줄기차게 가르쳤다. 도훈이는 숟가락으로만 밥과 국물, 반찬을 오른손 한 손으로만 해결하려 한다. 말을 하지 않으면 왼손은 무릎 위에 고정된다. 그럴 때마다 "왼손으로 그릇 잡으세요! 식판 잡고 먹어요! 그릇 잡아요." 하고 이야기하면 곧바로 수정한다. 어릴 적부터 시어머님의 건강한 식단이 언제 어디서나 맛있게 밥을 먹을 수 있는 도훈이를 만들었다. 여전히 음식에 대한 호불호가 있다. 안 먹는 음식은 냄새도 맡지 않지만, 도훈이 식단엔 늘 건강한 식당이 가득하다. 우리 시어머님 같은 분은 어디에도 없으시다. 조기 교육 중 가장 잘된 교육이 무엇인지 묻는다면 주저 않고 식습관 교육이라 말할 수 있다.

학교 입학을 준비하면서 자기 물건 챙기기를 가르쳤다. 어린이집이나 유치원에서는 아이의 물건이 분실되는 경우가 거의 없다. 혹여나 아이 물건이 없어졌다면, 비슷한 물건을 착각하여 다른 아이 가방에 잘못 들어가는 경우다. 따라서 상대적으로 분실의 염려가 적고, 만일 분실이 생겼다 하더라도 선생님들이 다 찾아서 돌려주신다.

그러나 학교는 조금 상황이 다르다. 유치원에 비해 학생 대비교사의 수가 절대적으로 부족하다. 아이들은 통제가 덜되고, 학교 내 이동 동선의 규모도 크다. 그래서 분실에 대한 부분이 늘걱정됐다. 자기 학용품에 이름 스티커는 물론 똑같은 교과서에비슷비슷한 액세서리를 갖고 다니기에 자기 것에 대한 확실함을가르쳤다.

집에서는 장난감의 위치를 정하고 정리하는 습관을 들이고, 학습지 등 공부를 할 때 필요한 물품들을 스스로 챙기게끔 하였다. 이 또한 절대 한 번에 될 수가 없었다. 수십, 수백 번의 지속적인반복으로 나는 무한 앵무새일 때도 많다. 그만큼 아이에게 세뇌시킬 정도로 강조하고 있다. 더불어 밖에서는 도훈이가 가장 좋아하는 물건의 간수에 대한 습관을 높였다. 물론 자폐 성향의 아이들이 좋아하는 물건에 대한 관심이 높은 건 사실이나, 관심이없는 물건엔 아예 관심이 없는 경우가 많다.

집이 산 중턱에 위치한 관계로 아파트 단지와 단지를 연결하는 이동 경로에 투명 엘리베이터가 있다. 엘리베이터를 타기 위해선 플라스틱 마그네틱 키가 필요하다. 우리는 이 열쇠를 '유키'라고 부른다. '유키'가 없으면 엘리베이터를 타지 못한다. 언제나 엘리베이터를 타러 가는 도훈이의 발걸음은 깃털처럼 사뿐사뿐 가볍다. 우리는 종종 강화나 보상의 일환으로 엘리베이터를 타러 나가곤 했다.

"도훈아, 이거 꼭 갖고 있어야 해! 잃어버리면, 다음부터 엘리베이터 못 타!"

"한 번 타고 꼭, 주머니에 넣어 놔! 집에 오면 엄마한테 다시 돌려줘야 해!"

'유키'에 대한 간수는 철저히 지킨다. 그런데, 이걸 챙기다가 다른 걸 잃어버리는 상황이 생겨 버렸다. 모자를 씌워 준다던가, 손에 다른 장난감을 쥐어 줘서 경우의 수를 늘리는 상황을 만들어 보았다. 혼자 너무 달아나는 경우가 생겨 무전기도 손에 들고 가 보게 했다. '유키'만은 절대 사수하지만, 다른 건 어디에 둔지 몰라서 분실하는 바람에 남편이 찾아온 경우가 한두 번이 아니다. "도훈아, 모자 어디 있니? 모자 쓰고 갔는데, 어디 있어?" 하고 물으면, "몰라, 나도 몰라." 하고 본인의 실수를 모른다는 말로 회피하는 게 아닌가.

일단 하나에 집중하면, 누구나 주변을 돌아볼 경우가 부족해진다. 어른들도 낯선 여행지에 가면 기분 좋게 갔다가 정신 팔려서 꼭 물건 잃어버리고 맘 상해서 돌아오는 경우처럼 말이다. 그래도 자기 이름이 쓰여 있고 본인이 기억하는 자기 물건을 챙기는 것에 지속적으로 설명하고 이해시켜 학교에서의 분실 상황을 최소화하기 위해 준비시켰다.

하루는 재미난 일이 발생된 적이 있다. 자전거를 타다가 가장 소중한 '유키'를 분실한 것이다. 바지 호주머니에 넣었는데, 바지 주머니가 얕아서 어딘가에 흘리고 신나게 자전거를 탔던 모양이다. 유키를 분실하고 엘리베이터 앞에서 서글프게 우는 모습이 CCTV에 고스란히 담겨 있었다. 그 영상을 관리사무소에서 지켜본 우리는 그 이후 유키를 분실했을 때를 상기시키며 아이에게 자기 물건에 대한 간수에 더 철저히 가르쳤다. 며칠 후 남편이 분실한 유키를 찾아왔고, 그렇게 남편은 도훈이에게 구세주가 되었다. 도훈이의 보물 1호 '유키' 분실 사건은 도훈이로 하여금 자기 물건에 대한 간수 능력을 일깨워 준 일이었다.

자전거 타는
도훈이

우리들은 1학년, 어서어서 배우자!

♩♬ '우리들은 1학년 어서어서 배우자 구경하는 참새들아 같이 배우자' ♩♪

유치원 교사로서 매년 아이들을 졸업시키고, 그 아이들의 성장을 직간접적으로 지켜봤다. 5살 반을 전담하여 유치원에서 7살이 되고 초등학교를 입학한 친구들이 벌써 중학생이 돼서 인사를 오는 경우도 가끔 있었다. 그런 아이들을 보며, 우리 도훈이도 늠름하게 중학생, 고등학생이 되어 교복 입고 학교를 다니는 상상을 하곤 했다.

유치원을 졸업하고, 기대 반 걱정 반 초등학교의 입학을 맞이했다. 1월 입학 통지서를 받고 도훈이의 진단서, 특수교육 현황과 도훈이를 소개할 포트폴리오를 준비하기 시작했다. 남편은 스토리 담당, 나는 서류적인 부분을 챙겨 입학을 준비했다. 입학 전 남편은 틈나는 대로 도훈이와 도연이의 손을 잡고 학교 교문 앞까지 가는 연습을 했다.

"아들, 10번 자면 이제 유치원 안 가고 학교 가야 하는 거야."

"학교 들어갈 때, 보안관 선생님한테 인사 꼭 잘해야 해."

우리는 십수 가지의 주문 사항을 전달했지만, 과연 몇 개나 이해했을까? 그래도 반복 패턴 학습은 이해하는 아들이니, 학교까지 이동하는 동선부터 차근히 알려 주었다.

'2019년 3월 그리고 4일….'

드디어 입학식 날의 아침이 밝았다. 들떠서 어쩔 줄 모르는 도연이와 대조적으로 낯선 학교를 가는 도훈이의 불안한 눈빛이 내 눈에 밟혔다. 이른 시간 외할아버지랑 외할머니까지 감격스러운 도훈이, 도연이의 입학을 보고자 달려오셨다. 그런데 왜 염려했던 것은 늘 한 번도 틀린 적이 없는 걸까? 여지없이 도훈이는 강당에서 입학식 첫날부터 드러눕고 울고 떼쓰고 난리가 났다.

모르는 사람들, 낯선 환경, 답답함과 지루함 등으로 인해 오랜만에 텐트럼이 나타난 것이다. 그런 도훈이의 이력을 모두가 아는 보호자가 나를 포함해 다섯 명이 있던 터라 강당에서 떼쓰는 도훈이를 외할아버지가 담당해 주셨다. 복도로 나가 달래고, 답답한 곳을 벗어나 바깥 공기도 쐬고, 엘리베이터도 구경시켜 주고…. 첫날부터 같은 반 친구들과 학부모들에게 확실한 임팩트를 보여 주며, 아들의 초등학교 입학 첫날은 시작되었다.

첫째 날의 애교성(?) 발악 후, 입학 둘째 날부터 아침 일찍 서둘러 등교를 준비했다. 완전통합반으로 초등학교에 입학한 도훈이는 다른 아이들과 똑같은 패턴으로 수업에 참여했다. 도훈이의 상태에 대해 담임 선생님 및 교감, 교장 선생님과 소통을 하고 발빠르게 대처했다. 다행스럽게 도훈이는 큰 범위에서 사고(?)를 치지 않고 담임 선생님과 친구들의 배려 속에 학급에서는 잘 적응해 나갔다. 수업 시간 착석, 급식, 화장실 용변 등 1차적인 상황은 그간 사전 학습을 통해 잘해 나갔다.

그리고 다행스러운 건 같은 반에 유치원과 교회를 같이 다니는 친구들이 있어서 친구들의 도움을 많이 받았다. 상대적으로 키가 작은 도훈이의 이상 행동도 귀엽게 봐주면서 귀염둥이 캐릭터로 학교 적응이 시작되었다. 친구들 중 여자 친구들이 도훈이를 챙기는 모습을 많이 보게 되었다. 3월엔 모두가 낯선 환경이건만, 몇몇 친구들이 도훈이의 가방, 재킷을 챙겨 주는 모습에 고맙고 미안하기도 했다. 그런 모습이 계기가 되어 도훈이를 도와주는 같은 반 친구들 엄마들과 더욱 친분을 쌓을 수 있게 되었다.

수업 진도를 다 따라잡는 건 현실적으로 불가능하다고 생각했고, 1학기의 목표는 학교 적응을 가장 우선으로 삼았다. 다행히도 담임 선생님과 친구들의 배려와 관심 덕분에 학기가 시작된 지한 달 만에 혼자서 등교하기 시작했다. 등교 거부가 생기면 어쩔까 걱정했건만, 혼자 가방 메고 학교 가는 모습에 그간 뒷바라지를 한 노력이 작은 결실을 맺었다며 스스로 위안을 삼았다.

도훈이는 가급적 교내 통합과정을 이행시키려 스케줄을 짰다. 6학년까지 학교를 다니기 위해 교내 방과 후 프로그램과 돌봄 반 등을 염두에 두고 진행하였다. 그런데, 방과 후 돌봄 선생님과의 소통에서 초반 미스가 발생했다. 도훈이의 발달장애 진단을 뒤늦게 확인한 선생님께서 다른 아이들의 안전을 이유로 도훈이의 돌봄 반 수업 참여를 거부하셨다. 교사 입장으로서 충분히 이해할 수 있는 상황이었다. 안전의 책임에 대해 많은 문제를 제기하는 요즘이기에, 장애 진단 아이가 끼칠 영향에 걱정하셨다.

여러 차례 방문을 통해 선생님과 대화를 나눴고, 조금은 관망하는 관점으로 아이의 행동을 지켜봐 달라고 당부했다. 도훈이가 학습을 통해 큰 이탈이나 문제를 일으키지 않을 것이라 판단하여 요청 드린 것이었다. 학교 입학 후 초반이라 몇몇 문제점들이 나타나긴 했으나, 심각한 상황은 아니었다. 단순히 낯선 환경과 새로운 물건들에 대한 호기심 표현이었다. 그러나 돌봄 선생님은 그 모든 상황을 일탈 행동, 사고의 전조 상태라 생각하신 듯했다. 동선 이탈, 누워 있는 행동, 소통 부재, 불안한 눈빛, 가끔은 이상한 장난 행동 등이 눈에 들어왔기 때문이다.

다행히 도훈이의 이런 이상 행동도 환경 적응과 함께 조금씩 바로잡혀 가고, 부모가 아이를 어떻게 키워 왔는지 설명하고 이해하시면서 지금은 통합반, 돌봄반, 그리고 방과 후 프로그램까지

학교에서 할 수 있는 가능한 모든 수업에 참여하며 통합과정을 이행하고 있다. 3월 한 달간은 학교 주변에서 늘 5분 대기조처럼 상시 출동을 119 아저씨들 마음처럼 조마조마하게 긴장하며 배회하던 순간이 스쳐 지나간다. 정말 감사하게 순조로운 1학년 적응기이다. 이렇게 도훈이가 대견할 줄이야….

1학년 1학기는 매번 학교에 불려 갈 것을 각오하고 보낸 통합학급이었다. 난 쌍둥이들을 위해 최대한 학교에 많은 관심을 갖고자 준비했다. 그래서 반대표와 학년대표를 자발적으로 맡았고, 그 덕에 학교 돌아가는 사정을 좀 더 살피게 되었다. 물론 유치원 교사로서 근무했던 경험치도 있었지만, 내가 할 수 있는 일은 무조건 챙기고자 자청했다. 엄마들 모임에 빠짐없이 나가며, 반 친구 엄마들과 교류하기 시작했다. 도연이 반 친구들 엄마, 도훈이 반 친구들 엄마들과도 두루두루 교류하며 1학년 다수의 엄마들과 인사를 하게 되었다. 그리고 유치원 교사 시절 학부모로 만난 엄마들과의 관계까지 빠른 시일 내 부지런히 교류하며 도훈이는 물론 도연이까지 학교에 잘 적응하도록 뒷바라지를 하고 있다.

아이들은 학교 적응, 나는 학부모 적응에 정신없는 한 학기를 보냈다. 도훈이가 학교에서는 특수학급에는 가지 않는다. 모든 수업은 정규수업으로 과정을 진행하고 돌봄 교실에서 비장애 아이들과 함께하는 시간에 가급적 더 많이 집중한다. 아이들이 어떤 놀이를 하고, 어떻게 활동하는지를 직간접적으로 경험하는 것이

집중수업만큼 중요하다고 판단했다. 이제 1학년인데, 가야 할 길은 첩첩산중이다. 아직 경험해 보지 못한 길을 가는 아들과 우리 부부는 늘 긴장과 즐거움 사이에서 우리의 삶을 사랑하고 있다.

학급 친구들과는 잘 지내는 것 같다. 물론 내 기준에서 잘 지내는 거고, 친구들 관점에서는 관심 밖 친구일 수도 있다. 발달장애 특성상 다른 아이들을 크게 괴롭히거나 피해를 주는 건 없지만, 수업 시간 중 드러눕거나 쿵쿵 발로 치는 행동 때문에 불편한 친구들이 있을 수 있다. 방귀를 밤낮, 장소를 가리지 않고 뀌는 것에 대해 주의를 줘도 마냥 방귀 소리에 낄낄낄 웃어 대는 아들이다. 수업 시간엔 절대 방귀를 끼지 말라고 이야기하는데, 다른 친구들한테 슬쩍 물어보면 여전히 가끔 방귀를 끼고 혼자 피식하고 웃는다 한다.

학교에서 수업 시간이 지루하면, 도훈이의 이상 행동에 발동이 걸린다. 본인이 알지 못하니 답답한 모양이다. 혼잣말, 쿵쿵 거리기, 드러눕기, 피곤을 이유로 딴청 피우기 등 교실에서 담임 선생님이 감당하기 힘들 때가 있다고 하셨다. 그럴 때마다 도훈이를 이해해 주는 의리의 '독수리 오형제' 친구들이 도훈이를 어르고 달래면서 수업이 진행되도록 협조한다고 한다. 부모나 보조 선생님이 개입되지 못하는 상황에서 친구들이 도훈이를 잡아 주면서 수업 분위기를 잡아 간다고 한다. 지금은 1학년이니 선생님도 친구들도 조금씩 양해를 구해 주는 상황이지만, 2학년이 되면 수업 시간 내 학습 진도가 달라질 것이라 수업 이해도를 높이기 위한 방법에 고민하며 노력하고 있다.

이러한 부족함을 채우기 위해서 정규 수업 후 부지런히 특수교육 등 치료수업과 체육수업을 병행하며, 강행군 아닌 강행군을 하고 있다. 초등학교 입학 후 발품을 판 덕에 정보를 섭렵하여 이화여대, 명지대 대학원에서 언어·음악·미술 등 치료수업을 받으며 새로운 환경에서의 개선에 적응하고 있다. 수년간 센터 등에서 수업을 받고 있지만, 사실 비용이 만만치 않기에 다양한 수업을 시도하기엔 부담이 된다. 그래서 대학원 내 열정 넘치는 대학원 석·박사 과정 선생님들과의 수업으로 수업료 비용 절감과 함께 도훈이의 치료수업을 늘려 가고 있다.

초딩 엄마로서의 새로운 삶

도훈이 도연이의 초등학교 입학으로 나 또한 제2의 인생을 살게 되었다. 유치원 교사로만 지내 왔던 내 삶도 조금씩 변하고 있다. 직장인이 아닌 초등학교 1학년 쌍둥이 엄마로서의 삶에 어려움과 재미를 느끼고 있다.

나에게 있어 가장 큰 에너지는 우리 아이들의 엄마들과의 교류이다. 그간 몰랐던 학부모의 세계에 발을 들인 후 느낀 생각이다. 일때문에 바쁘다는 이유로 미처 챙기지 못했던 많은 정보와 관계 형성이 가장 큰 도움이 되고 있다. 특히, 발달센터 등에서 만나는 다른 발달장애 친구들 엄마들과도 보다 자연스레 교류하게 되었다.

서로의 아이들을 바라보며, 나는 도훈이의 부족함을 캐치하고 벤치마킹을 하여 정보를 습득하였다. 그리고 엄두도 내지 못했던 수업들도 다른 친구들이 하는 것을 수시로 체크하여 준비했다.

글은 어떻게 읽고 썼는지, 덧셈 뺄셈은 어떻게 접근하여 가르쳤는지 등 학습적 단계별 과정을 자주 공유하고 서로에게 배우곤 한다. 그리고 한 분야에 서번트 능력을 발견하여 집중하고 발전시키는 사례 등을 볼 때 힘들어도 힘이 다시 솟아 즐겁게 도훈이를 챙기는 원동력이 되곤 한다.

사실 내가 잘 못하는 영역이 하나 있었다. 사람들과 친해지는 일이었는데, 도훈이를 계기로 지금은 나도 개과천선한 느낌이다. 학창 시절부터 난 친구들과 친하게 지내는 것이 익숙하지 않았다. 사회생활에서도 교사로서 학부모님들과도 친밀도가 높은 편이 아니었다. 일을 그만두고 동네 엄마들께 들은 이야기이지만, 차가운 도시 선생님 스타일이었다고 한다. 사교적 표현이 적은 것이 학부모들께는 그렇게 보였던 것 같다.

그런데 1학년 학부모가 되어 보니, 그 사교성이 참 중요하다는 생각이 들었다. 그간 내 어깨에 달려 있던 교사로서의 마인드를 내려놓고 옆집 아줌마가 되고자 부단히 노력하는데, 그 과정이 여전히 나에게도 도전기처럼 느껴진다. 다행히, 도훈이 도연이 같은 반 학부모들 중 도훈이의 상황을 이해해 주는 엄마들과 언니 동생 하며 라포가 형성되었다. 친하게 지내는 엄마들이 생겼다. 엄마들과 브런치도 먹고, 수다도 떨고 놀이터에서 뛰어노는 친구들을 바라보며 사색도 즐기는 나의 모습에 도훈이와 도연이 덕분에 생애 처음으로 느껴 보지 못한 새로운 즐거움을 느끼고 있다.

도훈이가 학교에서 어떤 생활을 하는지 엄마들의 단체 카톡방을 통해 듣는 경우가 많아졌다. 도연이는 매일같이 학교에서 있던 이야기를 하지만, 도훈이는 학교에서 어떤 학습을 했는지, 어떤 행동을 했고 친구들과 어떤 놀이를 했는지 전혀 말을 하지 않기 때문이다. 감사하게도 도훈이 반 친구들이 하교 후 엄마한테 도훈이가 어땠는지 이야기를 해 주면, 그걸 나에게 공유해 주면서 도훈이의 학교생활을 간접적으로 체크한다.

사실, 우리 아이가 반 분위기를 망가뜨리고, 적응 못 하여 문제를 일으키고 있는 건 아닌지, 그로 인해 선생님과 같은 반 친구들에게 소외받는 건 아닌지가 큰 걱정이었다. 그런데, 도훈이 장애에 대하여 인식해 준 지금은 언니 동생 하는 엄마들 덕분에 그 자녀들인 도훈이 친구들도 이제는 가장 먼저 도훈이를 챙겨 주며 도와주고 있다. 그뿐인가, 때때마다 키즈 카페, 소풍, 바깥놀이, 학원 등의 소그룹 활동을 통해 도훈이와 도연이까지 교우 관계를 넓혀 친밀도 높은 무리를 만들며 내가 바라던 행복한 초딩 1학년 학부모의 삶을 누리고 있다.

오늘도 내 카톡방은 밤낮을 가리지 않고 울리고 있다. 물론 모든 대화가 나와 우리를 위한 대화는 아니어도, 그 안에 자연스레 도훈이와 나를 생각해 주는 이야기들이 오가는 걸 느낀다. 직접적인 도움이 아니어도, 간접적으로 충분히 배우고 배려하는 마음을 느끼며, 나 또한 더 넓게 세상을 배려하며 살아가고자 노력한다.

'오늘 오후에 다들 놀이터 앞에서 만나 차 한잔할까?'

'도훈 엄마! 도훈이 지금 학교 앞에서 배회하고 있는데, 알고 있지?'

'우리 애랑 도훈이랑 이번 주 짝꿍이래~'

초등학교 1학년 두 아이의 엄마로서 평일 오전에만 자유시간이 허용된다. 오후에는 하교하는 아들과 여전히 특수치료 보강 수업을 다니고 있다. 언어, 미술, 수영, 태권도, 학교적응 수업 등 월요일부터 금요일까지 여전히 바쁘게 병원, 발달센터, 수영장을 다니고 있다. 그리고 도연이도 챙겨야 하고, 개인 공부와 운동까지 한 주의 시간을 헛되지 않게 만끽하고 있다. 아이를 전담 마크하면서 느낀 중요한 것 중 하나는 뭐니 뭐니 해도 보호자의 체력이다.

도훈이를 따라다니면서 오후에 내 에너지가 방전된 적이 한두 번이 아니다. 최소한의 동선과 시간을 계산하여 움직이는데도 불구하고, 왜 이렇게 힘든 건지. 유치원에서 아이들 가르치며 엉덩이를 의자에 제대로 붙이지도 못하고, 밥도 시간에 쫓겨 먹던 그때보다 더 체력이 부족하다는 것을 느낀 후 내 몸을 위한 시간을 생각했다. 하루에 만 보 이상 걷는 건 기본이요, 새로운 운동도 배우며 나를 위한 체력 향상을 위한 투자도 아끼지 않으며 건강한 삶을 위해 노력한다. 아이와 부모의 체력은 시간이 갈수록 반비례한다는데, 이를 부디 극복하고 싶다.

난 이제 겨우 초딩 1학년 엄마이다. 과거 내가 어떤 사람이었는지 과거형 상황은 지금 나에게 중요하진 않다. 지금은 과분히 허당기 넘치는 학부모이다. 이런 삶을 살아 본 적 없으니, 어색했지만, 그래도 행복하다. 책을 쓰기로 마음먹은 이유 중에 하나도 우리가 준비한 대로 도훈이가 잘 적응해 주고 있기 때문이다. 그리고 남편과 우리 가족 모두가 우리에게 다짐하는 약속과도 같다. 더 열심히 지치지 않고 노력하며 살자는 의미의 약속.

당연히 앞으로가 더 중요하다. 더 많은 친구들을 만날 것이고, 적당히 귀엽다는 이유로 배려받았던 일들도 줄어들 것이다. 도훈이의 사회성 향상이 타인에겐 방해 또는 귀찮음이 될 수도 있고, 서툰 언어 표현과 다름의 표현력이 다툼의 오해의 소지도 될 수 있다. 어떠한 일들이 나와 우리 아이에게 펼쳐질지는 알 수 없다. 여전히 미지의 세계를 가는 것 같다.

프랭크 바움의 동화『오즈의 마법사』의 도로시가 회오리와 함께 만난 미지의 세계처럼 나는 오늘도 도훈이와 사랑하는 도연이, 그리고 힘이 되어 주시는 시어머님과 늘 셋째를 위해 사랑을 나누는 내 남편 김학인 씨와 함께 오늘도 내일도 알 것 같지만, 여전히 잘 모르는 미지의 하루를 열심히 살 것이다.

PART 6

마라톤을 달리는 가족

길고 긴 마라톤에서 이제 총성이 울린 후 가족 마라톤격인 5㎞ 정도를 달렸을까? 그간 많이 넘어지고도 했고, 잠시 쉬기도 했지만 멈추지 않고 여전히 도훈이는 최선을 다해 달리고 있다. 금메달이 목표가 아닌 완주를 목표로 오늘도 즐거운 마음으로 아침을 시작한다. "아들! 등교 준비 다 된 것 같은데? 그럼, 도훈아, 학교 가자!"

Never Ending, 행복 찾기!
기록과 배움의 소중함

도훈이의 미래를 매일 고민한다. 남편은 진작부터 도훈이의 성인기를 예측하며 준비하고 있다. 하루하루 아들의 성장과 소통 향상에 우리 가족의 행복지수가 작지만 우상향하고 있다. '말은 할 수 있을까?'부터 고민했던 지난날부터 지금의 발전까지 늘 감사하게 생각한다.

'그럼 과연 도훈이가 어디까지 성장해야 우리가 모두 만족할 수 있을까?'라는 자문을 해 본다. 결론적으로 이야기하면 만족은 없는 것 같다. 다만, 생활 속에서 도훈이가 생각지 못한 언어를 구사하거나 행동을 할 때마다 행복 엔도르핀이 솟아난다. 'serendipity'라는 단어처럼 뜻하지 않은 행운을 만나는 행복감을 도훈이가 불쑥불쑥 선사한다.

인간은 사회적 동물이다. 그래서 사회를 떠나서는 살 수가 없다. 우리는 공동체의 소중함을 간과할 수 없다. 아직은 혼자 독립적인 행동을 완벽히 이행할 수 없는 도훈이에게 있어 공동체의 소중함은 이루 말할 수가 없다. 아이가 그 공동체에 스스로 참여할 수 없는 환경이라면 보호자가 최대한 노력하여 아이의 공동체를 형성해 줘야 한다고 생각한다. 또는 국가가 이러한 환경을 만들어 주어야 하는데, 그 준비가 부족하다면 우리가 스스로 공동체를 만들어 나가야 한다고 생각한다.

또래 아이들을 포함한 다른 사람들이 아이의 장애를 인지하고 가끔은 비정상적 행동도 바로잡아 줄 수 있는 역할을 해 주는 사람들이 많이 필요했다. 장애가 있는 아이와 친구가 되어 달라고 하면 쉽게 손을 내밀어 주는 사람은 많지가 않다. 다만 어린 시절부터 아이의 성장 모습을 지켜본 가정과는 조금은 쉽게 관계 형성이 가능했다.

아이의 행복을 위해 관계를 형성하는 경우도 있지만, 우리 보호자의 행복과 안정을 위해 주변 사람들과 인간관계를 형성했다. 마음 편히 대화를 할 수 있는 상대, 정보를 공유할 수 있는 상대, 가끔은 남편의 흉을 봐야 하는 상대 등 그 대상을 넓히려고 여전히 노력한다. 그러면서 자연스럽게 도훈이에게도 친구를 만들어 준다.

그 중간에는 도연이가 역할을 해 주고, 1:1 교류가 아닌 도연이를 통한 친구의 친구 만들기를 이어 갔다. 아직 많은 친구가 있는 건 아니다. 그런데 도연이를 쫓아다니며 친구관계, 무리 속으로 들어가려고 한다. 아이들이 조금 부족한 도훈이를 배척하면 과거에는 아이도 무관심했지만, 점점 인지가 늘어난 초등학교 입학 시기에는 무리 속에 함께하고 싶다는 표현들이 나타나고 있다. 친구들이 도훈이를 챙기려 하면 도망가고, 막상 다가가면 그 상황을 이해하지 못해 배척되는 일의 반복이지만 언젠간 그 간격이 더 좁혀지고 없어질 수도 있기를 기대한다.

가끔 불쑥 불안과 슬픔, 그리고 세상에 대한 이유 모를 증오감이 밀려올 때가 있다. 유치원 교사로 15년 근무하면서 너무도 사랑스럽게 뛰어노는 아이들을 보고 부러움과 시기가 교차한 적도 있었다. 우리 남편은 도연이가 애교를 부리는 모습을 보고 도훈이가 생각나 눈물이 난 적이 있다고 한다. 그만큼 부족한 모습만 보이고 생각날 때가 있다. 누구나 불확실한 미래에 대해 불안감을 갖고 있다. 특히 발달장애 아이를 키우는 부모님들은 아이의 자립에 대해 늘 고민하고 준비한다. 행복도 있고, 희망도 있지만, 가끔은 절망도 존재하고 좌절도 경험한다. 우리 부부도 그러했고, 앞으로도 여전히 산재해 있는 숙제이기도 하다.

우리 부부는 서로에게 약속을 했다. 서로가 건강하고 행복하게 살기 위해 노력하자고. 그래서 불쑥 찾아오는 우울감이나 무언의 압박은 우리 스스로 이겨 내야 한다며 서로를 다독여 준다. 남편은 건강의 책임론이라고 표현할 정도로 자기 몸에 대해 끔찍이 생각한다. 사실 운동보다는 보충제 등 약으로 그 건강을 유지하고 는 있지만, 건강해야 아이들도 한 번 더 지켜봐 주고 보호자로서 그 역할을 한다고 강조한다. '건강한 신체에서 올바른 정신이 나온다.'는 체육전공자다운 이야기를 할 때면, 돈 들여 공부를 시켜 준 보람이 있구나 싶기도 한다. 그래서 남편은 늘 본인의 건강도 건강이지만, 온 집안 식구들 모두의 신체 및 정신건강을 꼼꼼히 살피며 도훈이와 우리 가족의 미래에 대해 함께 고민하고 있다.

쌍둥이들이 태어나고 난 후 남편이 공부를 해 보겠다고 이야기를 먼저 꺼냈다. 도훈이에게 장애가 있을 거라 생각지 못했던 시기였기에, 우리는 어떤 형태로든 서로가 할 수 있는 범위 내에서 공부를 해 보자고 했다. 둘 다 공부에 대한 생각이 있었던 터라 먼저 남편이 본인의 관련 전공으로 대학원 석사과정 공부를 시작하였다. 주경야독에 육아까지 쉽지 않은 결정이었지만 온 가족이 동의해 주고 응원했다. 이후 박사학위까지 진도를 내면서 여전히 바쁜 나날을 보내는 남편은 왜 공부를 시작했냐는 질문에 늘 똑같은 답변을 한다.

"나의 자아실현을 위해 공부를 하고 있다."라고….

이게 무슨 개떡 같은 소리인가 했는데, 남편의 추천으로 나도 대학원에서 상담심리 공부를 시작해 보니 그 의미를 조금은 이해할 것 같다. 배움의 소중함은 도훈이와 도연이를 키우면서 우리에게 더 큰 의미로 작용했다. 도훈이의 장애 진단 전후에 있어서 어떤 준비가 필요한지, 무엇을 알아야 하는지 등 시시콜콜한 내용들까지 알아보고 공부하기 시작했다. 그렇다고 이 분야에 남들도 인정하는 마스터가 된 것은 아니지만, 그로 인해 하나씩 메모를 시작한 게 지금에 글을 쓰기까지 이어진 것 같다.

상대적으로 나보다 시간적 활용이 가능했던 남편은 휴가 등을 활용하며 많은 교육에 참여했다. 국가인권위원회 인권교육, 사회복지사, 장애 선배부모교육, 특수체육 교육 등 시간이 허락할 때마다 도훈이와 우리를 위한 배움에 노력하고자 한다. 남편은 늘 메모하는 습관에 익숙해서, 교육받은 내용을 나에게 전달해 줬다. 그런 내용으로 우린 밤마다 100분 끝장 토론에 버금가는 논쟁을 하며 우리에게 맞는 상황들과 내가 아이들을 가르친 교육 현장에서의 차이 등에 대해 설전을 펼치곤 했다. 누구의 말이 옳고 그름이 아닌, 하나의 정보나 이슈를 갖고 이성적 대화를 이어 갔다. 둘 다 처음 아이를 키우며, 장애 아이를 키우는 상황에 이해하고 오해 없게 살아가는 건 배움이 있었기 때문이라 생각한다.

우리나라 대다수 유치원 선생님들은 매년 의무적으로 교육청 등의 이수해야 할 교육이 있다. 나 또한 다른 직업군보다 트렌드에 따라 배움을 받는 것이 아이를 키우며 참 행운 중 하나라 생각하였고, 좋은 직업 중 하나라 생각했다.

도훈이가 초등학교에 입학하고 나선 나에게도 새로운 교육현장을 방문할 기회가 생겼다. 선생님이란 업을 내려놓고 내가 하고 싶은, 해야 할 교육을 찾아가며 듣게 되었다. 남편과 시어머님의 배려 속에 나 또한 대학원에도 입학했다. 도훈이와 관련된 더 많은 사례들을 배우기 위해 선택한 것이다. 대학원에서 상담심리를 전공하면서 유치원 교사로서 살아온 나에게 아직 가야 할 길이 더 많음을 느꼈으며, 상담심리가 그 방향을 제시해 주었다.

간혹 왜 특수교육을 선택하지 않고 상담심리를 선택했는지 질문하는 사람들이 있다. 여러 이유가 있었지만 나에게는 도훈이와 도연이를 함께 어우를 수 있는 공부가 필요했다. 특수교육은 도훈이의 장애를 이해하고 정보를 습득할 수 있는 길이지만 도연이는 소외되지 않을까 판단했다. 도연이가 심리적으로 어려움을 느낄 때 직접 상담은 못 하더라도 내재된 스킬로 그 아이가 길을 찾을 수 있도록 도울 수 있을 것이라고 생각했다.

내가 장애를 갖고 있는 아이들의 부모님들을 직간접적으로 만나면서 느끼는 것이 있다. 아직 우리나라 병원이나 기관에서 제시하고 있는 발달장애 치료법들이 많은 한계를 갖고 있다고 이야기한다. 그런데, 청소년 이상 성장한 발달장애 자녀를 키우는 부모님들은 맨땅에 헤딩하듯 자녀를 키워 냈고 성장시킨 모습을 보게 되었다. 그분들이 진행했던 사례들만 잘 정리해도 현실적으로 많은 도움을 줄 수 있다고 생각했다.

그런데 우리 부부도 그렇고 지금의 현실적인 아이와 우리의 모습을 남에게 알리는 것에 걱정되는 부분도 있음을 알고 있다. 그래도 우리는 많은 사례들을 보면서 실천한 것들이 학문적으로 배웠던 것 이상으로 많은 도움이 되었다는 걸 느끼고 있다. 이러한 선행 학습의 사례들을 정리하는 것이 우리의 역할이라는 생각이 든다.

아들을 중심으로 남편과 나의 가장 달라진 점은 사고의 전환이다. 우리 가족은 장애 진단을 받기 전과 받고 난 후 도훈이를 바라보는 관점과 자세가 180도 달라졌다. 진단 전에는 단순히 느린 아이라고 판단하여 아이의 특이한 행동을 제재하거나 혹은 방치하곤 하였다. 그러나 진단을 받은 후 보다 적극적으로 아이의 행동을 관찰하고 수정을 지시하며 보다 개입하는 슈퍼바이저로 변화하였다.

첫 진단을 받고 나서 가장 먼저 알아본 것이 국내외 치료 방법과 사례들이었다. 다행히 동일한 진단을 받은 선배 부모님들의 경험들과 사례들이 우리에겐 중요한 길잡이가 되어 주었다. 아이의 진단 후 큰 목표와 작은 목표들을 세워 수립하였다. 큰 목표는 지금도 변함없는 60점 사람 만들기이다.

인생의 100점은 A+학점이란 성적표를 받겠지만, 59점 이하는 F란 성적표를 받아 들게 된다. 세상 살아가는 행복에는 많은 관점과 요인들이 섞여 있지만 과연 몇 점짜리 인생을 살아야 행복한지는 아무도 알 수 없다. 다만, 많은 사람들과 교류하며 살아가려면 서로가 약속을 지키고 이해하는 수준으로 살아가야 하는 건 당연한 이치라 생각한다. 그래서 지금 당장은 우리 도훈이가 발달장애로 인해 또래 아이들보다는 많은 것이 부족하지만, 꾸준히 성장하여 누가 기준하더라도 우리 스스로 60점을 넘는 사람으로 성장시키고자 하는 것이 큰 그림의 하나였다.

그리고 작은 목표는 치료와 학습을 통해 조금씩 아이가 할 수 있는 내용들을 메모하기 시작하였다. 생후 몇 개월까지 무엇을 시키고 무엇을 할 수 있게 하는 등의 세부 내용은 아니었다. 다만 현실적으로 도훈이가 어떤 치료와 관심이 있는지를 빠르게 알아내어 그 항목에 있어 얼마만큼의 성장이 있었는지를 되짚어 보며 기록하기 시작했다. 사실 기록의 몫은 남편이 도맡아 하였다.

유치원 교사들은 아이들을 지도할 때 주간교육계획안과 아이들의 행동발달 일지를 작성한다. 유치원에서의 비장애인 친구들의 평가는 솔직히 장학사들에게 검사를 받기 위한 형식적인 기록에 불과하다. 이유는 대다수의 5살~7살 아이들은 유치원에서 크고 작음의 차이로 정상범위 내에서 나타나는 성장 그래프를 보이는 게 일반적이기 때문이다.

도훈이의 성장 과정을 어떻게 비교해 볼까 하는 마음에서 남편은 도훈이가 행동하고 말하고 좋아하고 탐닉하는 일상을 메모하고 영상으로 찍기 시작했다. 처음엔 느릿느릿하고 엉뚱한 행동을 하는 아들이 마냥 귀여워서 시작했지만, 후에는 좋은 기록 내용으로 활용하곤 하였다. 도훈이를 관찰한 메모와 영상 기록들은 치료선생님들과의 미팅 시 유용하게 활용되었다.

비장애 친구들보다 낯선 공간을 더 어색해하는 발달장애 친구들이 느끼는 행동이 도훈이에게도 어김없이 나타났다. 처음 가는 발달센터나 병원 치료실은 첫 진료가 너무 힘들었다. 주차장에 내려서 엘리베이터를 타고 올라가 선생님들이 계신 진료실 또는 치료실까지 입장하는 게 두 줄의 글로 적기엔 어림없는 고난의 일상들이었다.

거기까지는 부모가 힘으로 강제하든 사탕으로 달래든 어떻게든 입장시켰지만, 짧은 시간 내 아이를 관찰하고 현재 아이의 상태를 설명하는 데 시간적 소모가 발생되었다. 어렵게 약속한 제한된 시간이었기에 어떻게는 우리 아들의 상황을 설명하고 다음 준비에 대한 의견을 받아 실행하고자 하였다. 그래서 아이의 Before & After의 기록을 선생님들께 전달해 드리며 수업 적응과 선생님과의 초반 기 싸움과 신경전을 최소화하는 데 노력했다. 여전히 도훈이의 발달정도를 메모하는 습관을 이어 가고 있다. '이런 말을 했다. 저런 표현을 했다.' 등등 그때그때마다 기록이 필요하다 싶을 땐 핸드폰 메모장을 열고 적어 나간다.

기록의 결과는 집에서의 가정교육에서뿐만 아니라 많은 치료선생님들과 상담 시 큰 도움이 된다. 서로가 정해 놓은 과정에 치료사 선생님의 방향을 이해하고 목표를 같이 수립하는 데 결정적인 요인이 되었다. 수년간 진행해 오면서 도훈이의 상태를 기록하고 가정에서 정리한 수준을 체크하여 제시하였다. 그럼으로써 연속적인 치료수업이 될 수 있게 노력했고, 부정적인 요소들은 더욱더 체크하여 개선될 수 있는 방향을 모색했다. 우리는 단순히 메모뿐만 아니라 동영상 등 일상생활 속에서의 모습도 기록했고, 앞으로도 도훈이가 성장하고 발전을 멈추지 않는 한 계속할 것이다.

2019년 3월의 도훈이 기록일지

제출처 명지대 대학원 미술치료실

- 활용 : 최초 수업 진행시, 선생님 인터뷰 첨부 제출

- 목적 : 도훈이 상황 파악하기, 부모의 관심 정도 알려 주기,

  선생님과 기 싸움 최소화하기

작성일 : 2019년 3월 15일

- 이름 : 김도훈　　· 생년월일 : 2012년생 9월 17일(만 6세)

- 교육기관 : 연은초등학교 1학년(일반 통합반)

교육 목표 : 통합교육과 개별화 치료 등 수업을 통해 사회성 확장을 목표로 진행

1. 통합교육 : 연은초등학교

- 일반 학급 재학 (1학년 5반 2번)

- 방과 후 돌봄교실 진행

2. 개별 치료 및 수업 : 초등학교 하교 후 진행

- 월 : 수영(통합), 태권도(통합), 구몬학습(1:1)

- 화 : 은평병원 학교적응반(소수정예), 명지대 미술치료(1:1), 태권도(통합)

- 수 : 태권도(통합), 수영(통합), 이화여대 음악치료(1:1)

- 목 : 은평병원 학교적응반(소수정예), 수영(1:1), 이화여대 언어치료(1:1)

- 금 : 수영(통합), 태권도(통합)

- 토 : 없음

- 일 : 교회 주일학교(통합)

진단 후 치료수업진행 경험(14년~현재)

1. 은평병원 낮병원. 3년

2. 푸르메 병원 감통, 놀이 수업. 3년

3. 지역발달센터 : 언어, 감통, 놀이 등 3년(종료)

4. 태권도 1년(진행 중)

5. 1대 1 수영 1개월(진행 중)

6. 특수반 축구 수업 3개월(종료)

7. 언어 홈티 2년(종료)

8. 구몬 수업 홈티 6개월(진행 중)

9. 일반 어린이집 3년(종료)

10. 일반 유치원 2년(종료)

언어 및 수학 능력

1. 본인 이름 정도만 읽고 쓸 수 있음

2. 일상적 대화는 큰 틀에서 가능

3. 숫자 읽고 쓸 줄 알고 덧셈은 '+1'이 됨

인지능력

1. 가위바위보를 하나 이기고 지는 것의 공식 모름

2. 승패에 대한 인지는 함. 단 무엇이 이기고 지는지 모름(늘 이기고 싶어 함)

3. 본인 의사표현 충분히 가능

신체/운동능력

1. 소근육 운동이 약함

2. 양손 협응 운동 부족하여 필요함

3. 한 손으로만 하려 하고, 누워 노는 걸 좋아함

4. 달리기할 때 살짝 기울어져서 달리는 경우 있음(넘어지진 않음)

5. 네발자전거 타고 다님

좋아하는 것

1. 투명 엘리베이터, 기차, 버스, 비행기

2. 초코, 딸기우유, 카레밥, 주먹밥, 치킨

단기 목표(3개월 이내)

1. 지시 이행능력 강화

· 초등학교 입학 후 환경 변화로 지시 불이행 늘어남

· 행동 후 보상에 대한 상황을 인지하고 있음

  예) 자전거가 타고 싶으면 축구 한 번 하고 자전거 타기 등

2. 이행 과제에 대한 순번 정하여 진행하기

· 하고 싶은 일에 있어, 순서 정해서 차례로 하기

  예) 핸드폰이 보고 싶으면 동생 한 번, 도훈이 한 번으로 나눠서 순서대로 함

3. 언어 발음의 정확성

· 두루뭉술하게 말하는 단어 표현에 부모만 이해하는 상황

· 시각 청각 일치를 통해 단어 발음 잡아 주기

  예) '롯데샌드'를 '로디새드'라고 표현하는 등 발음이 부정확함

4. 글씨 쓰기 및 단어 익히기

· '김도훈' 이름 석 자 쓰고 읽을 줄 알고, 연필로 선 쓰기 등 진행

· 구몬 학습 등 진행시, 30분 이상 착석 가능

· 가나다라 한글 익히기 도전!

* 특이사항 : 아파트 경비 아저씨에게 전화한다는 것을 가장 무서워함

발달장애 부모의 역할에 대하여

지난 10년간 근무한 유치원은 초등학교, 중학교, 고등학교 학생들이 모두 운동장을 같이 쓰는 곳이었다. 쌍둥이 초등학교 1학년 생활 뒷바라지를 위해 일을 그만두기 전까지 나의 목표는 이 학교에서 나와 도훈이가 함께 계속 생활하는 것이었다. 초등학교, 중학교, 고등학교를 다니는 아들을 엄마로서 학교 교직원으로서 직간접적으로 보호하고 같은 공간에서 함께하고 싶었다. 그러나 쌍둥이들의 초등학교 입학이란 과정 속에 난 그 꿈을 접어야했다. 하지만 나는 여전히 목표를 갖고 있다. 우리 아이들과 함께하는 공간에서 할 수 있는 일에 대하여 고민하고 있다.

아이가 장애가 있는데 무슨 일을 하느냐는 의견도 있다. 각 가정마다 사람마다 사정이 있겠지만, 우리 부부는 서로가 일을 통해 사회와 교류하며, 아이들도 많은 정보를 제공받으며 발전하자고 약속했다. 도훈이가 도연이에 비해 몇 곱절 손이 많이 가는 건 사실이다. 그래서 다른 사람에게 서로에게 허용된 최소한의 협조를 받고 살기 위해선 보호자인 부모의 뒷바라지가 절대적이다. 부모는 우선순위 1번의 치료사이고 상담사의 역할을 해야 한다. 전문적이고 세부적인까지 다 챙기면 좋겠지만, 큰 틀에선 부모가 아이의 발전 과정을 가장 먼저 관리해야 한다.

한때 도훈이와 관련된 모든 일상이 나에겐 일처럼 느껴진 적이 있다. 도훈이의 유치원 등·하원을 비롯한 일상생활과 특수치료 수업은 물론 초등학교 입학 준비, 많은 선생님들과의 관계, 친구들과의 관계 형성 등 누군가에겐 아무렇지 않은 일상들이 내겐 직장 업무처럼 느껴졌다. 내 스스로 너무 책임감이 컸던 탓일까? 남편에게 이런 솔직한 마음을 이야기하니, 남편도 도훈이를 챙기는 일이 업무처럼 느껴지는 생각을 갖고 있다고 했다. 장애 아이, 비장애 아이 두 명의 초등학교 1학년 아이를 건사하는 게 유치원 교사 때보다 더 어렵고 힘든 건 뭘까?

이런 나를 남편은 수고 많다며, 일 안 하고 편히 쉴 때 해 보고 싶은 것을 해 보라고 제안했다. 편히 애들만 보라던 남편의 유혹에 넘어갔지만, 공부를 더 해야겠다는 생각에 대학원 외에 장애인 동료 상담가, 사회복지사 공부까지 직장인 시절보다 더 바쁜 나날을 보내고 있다. 쌍둥이 뒷바라지에 난생 처음 해 보는 친구 엄마들과 친목 도모. 그리고 집안일까지…. 초등 1년차 쌍둥이 엄마의 나는 오늘도 허둥지둥한다.

직장을 그만두면 한없이 지루한 일상을 살진 않을까 내심 걱정한 적이 있다. 놀아 본 적도 없고, 같이 놀 벗도 그리 많지 않기에 조금 염려했으나, 쓸데없는 기우였다. 직장 업무가 아니더라도 바쁘게 살 수 있다는 것을 새삼 경험하고 있다. 그래서 지금은 뭐든 열심히 사는 것에 우선하고, 그 안에서 보람을 찾고자 노력한다. 이 모든 것이 일이라 생각하면 한도 끝도 없는 일이지만, 사랑하는 남편과 시어머님의 배려, 그리고 착한 두 아이들 덕분에 오늘보다 더 나은 미래를 고민한다.

그럼, 우리 남편은 무슨 생각으로 세상을 살까? 나보다는 도훈이를 위한 삶에 있어선 먼저 철이 든 남편이다. 남편과 서로의 고민을 어떻게 바라볼지 공유했다. 우선적으로 남편은 성인이 되는 시점의 도훈이의 삶에 대하여 진지하게 고민하고 있다. 남편도 부지런히 공부하면서 도훈이의 미래와 우리 가족의 행복 준비를 한다고 말한다. 뭔가 기발한 사고를 칠 것 같은데, 걱정 반 기대 반이다.

나는 훗날 도훈이가 누구나 즐길 수 있는 학창 시절의 행복을 누릴 수 있기를 기대한다. 친구들과 군것질도 하고 연애도 해 보고 친구들과 어울려 PC방도 다니는 보통날을 꿈꾼다. 조금 더 나아가 도훈이의 직업을 준비해 주고자 한다. 남편도 대학 졸업 후 이런저런 일들을 경험하면서 지금의 직업을 얻게 되었다 한다.

평생직장은 불가하더라도 평생 직업은 가능한 세상이니, 어떤 일을 준비시켜 훗날 자립 생활을 하는 데 중요한 직업을 갖게 해 주는 데 고민을 집중한다. 그 일이 영원할 순 없더라도, 다양한 경험을 함께해 보고 싶다. 그 케어가 꼭 우리 부부가 아니더라도 인적 네트워크를 통해 공감하면 불가능한 일은 아니라는 것이 남편의 관점이다.

이제 겨우 초등학교 1학년인데 뭘 벌써 고민하느냐는 우려이지만, 그 어떤 일을 함께 고민하고 준비하면서 아이가 성인기에 접어들 때 그 준비한 것을 함께 실행하고자 하는 게 목표이다. 그러고 보면 내 남편 김학인 씨는 이런저런 잡다한 일에 많은 관심을 갖고 있다. 다른 일을 도모하려나? '축구한량' 직장을 그만두고 사업을 하려나? 하는 생각을 했다.

직장인으로서 그런 마음이 하나도 없진 않았겠지만, 지나온 과정들을 살펴보면 온통 도훈이에게 적합한 일이 무엇인지 고민한 흔적들이다. 우리 생에 많은 재산을 축적하여 넉넉히 물려주고 싶은 게 부모의 마음이지만, 그게 정답은 아니라 말한다. 자산도 중요하지만, 함께 갈 수 있는 사람들을 새겨 주고 작은 능력이라도 만들어 주는 게 더 중요하다고 생각한다.

사회생활을 성실히 한 남편에게는 몇몇 모임이 있다. 그중 특별한 모토가 있는 모임이 있다. 그 모임은 친목 도모, 정보 교류 등 비즈니스 관계가 수반된 인맥 간의 관계이지만, 모토는 '내 자식은 너에게'이다. 서로의 자녀를 책임져 줄 만큼 서로가 더 열심히 생활하며 아이들이 성장함에 있어 품앗이처럼 서로 협조하여 자녀들이 올바르게 성장하도록 서로가 돕자는 모임이다. 아직까진 아이들이 모두 어려서 그게 크게 성립되진 않고 있으나, 방학 동안 서로 아이를 맡기자는 이야기를 하곤 한다.

남편이 희망하는 일이 하나 있다. 입버릇처럼 하는 대화 중 '쉐어 하우스(share house)'를 하고 싶다고 한다. 지방에서 열심히 공부하여 서울로 유학 온 지인들의 자녀들과 함께 거주하고 싶다는 것이다. 아직은 재정적으로 준비가 안 되어 있지만, 서울에 사는 동안 지방에 사는 지인들의 자녀들을 위한 하숙집 형태를 하고 싶어 한다. 남편은 상부상조가 있어야 우리 쌍둥이들도 남들로부터 배려받을 것이라 이야기한다. 함께 거주하는 인연 중 도훈이를 이해해 줄 수 있는 협조자가 있어 우리가 아니어도 세대를 이어 교류하는 관계를 형성해 주고 싶어 한다.

나는 아직도 장애가 있는 도훈이를 다른 사람과 교류하여 양육하는 데 부담감을 갖고 있다. 그래서 아직은 좀 멀다고 생각할 수 있는 일이지만, 그 견해를 서로 좁혀 가며 나도 모르게 심적으로 조금씩 준비하고 있는 것 같다. 우리 아들에게 도움이 되는 일이라면 뭔들 못 하랴? 우리는 아빠 같은 엄마, 엄마 같은 아빠를 자처하며 부모로서 할 수 있는 고민을 부지런히 공유하며 준비하고 있다.

우린 바닥이다!
그리고 좋은 분들과 만남을 위한 노력

학교 입학 후 도훈이가 많이 좋아졌다는 칭찬을 받기 시작했다. 모두가 부모와 할머니의 뒷바라지 덕분에 아이가 무탈하게 학교를 다니고 있다며 격려해 준다. 어린이집 시절엔 상상도 못할 아들과 대중교통 데이트, 식당 가서 밥 먹기 등 이제는 자연스럽게 우리의 일상을 함께하고 있다.

그러나 여전히 우리 아이는 혼자서 행동하는 것에는 제약이 있다. 그래서 우리 부부는 여전히 도훈이는 59점이라고 서로를 응원한다. 60점이 넘어야 낙제를 면하는 시험문제에서, 아들은 아직 1점이 모자란다고 판단한다. 우리 가족에게 가져다주는 행복감으로는 이미 100점짜리 아들이지만, 냉정한 사회적 관점으로 볼 땐 59점도 후한 점수이다.

도훈이의 진단과 낯선 행동으로 인해 우리 가정은 바닥을 찍고 일어섰다. 금전적인 부분도 무시 못 하지만, 다행히 쉼 없이 달려온 맞벌이 10년으로 아이 뒷바라지를 하고 있다. 돈이 세상의 전부가 아님을 깨닫고 크고 작은 사건으로 극복한 적이 있다.

그러나 여전히 심리적 마인드 컨트롤은 여전히 갈 길을 못 잡곤 한다. 서로가 서로에게 터놓지 못하는 불안감이 우리 부부에겐 가장 큰 난관이었다. 둘 다 심리적 지지선이 무너진 적이 있었다. 그럴 때마다 부부싸움으로 이어졌고, 그 냉전기 때가 우리 가족에겐 헤어 나오지 못하는 늪처럼 느껴졌다. 그 늪은 심리적 바닥권이었고, 그럴 때마다 늘 사건 사고가 터졌다.

부부간 불화가 있을 때마다 도훈이를 중심으로 다시 마음을 다잡곤 했다. 우리의 심리는 올라갈 일만 있다고 생각하며 산다. 오르다가 잠시 쉴 수도 있지만, 도훈이 덕분에 우리 가족은 계속 오르려고 노력할 것이다. 그 오름의 끝이 어딘지는 아무도 모르지만, 그 노력은 도훈이와 도연이, 그리고 우리 가족을 더욱 단단히 건강하게 해 주고 있다.

남편은 늘 이야기한다. '우리는 부족함을 인정하고 도훈이를 키우고 있기에, 그냥 늘 도전자 마인드로 세상을 살면 된다고…. 그래서 조급해하지 말고, 앞선 친구들을 따라잡기보다는 쫓아가려는 노력만으로도 충분히 발전을 거듭할 수 있다고….' 그래서 도훈이는 우리가 그토록 바라는 1점을 위해, 오늘도 내일도 노력한다.

우리 부부는 참 운이 좋은 것 같다. 주변에 좋은 분들을 만나서 도훈이가 발전하는 데 많은 도움을 받고 있다. 애써 좋은 분들을 만나려 노력을 하진 않았다. 다만, 주어진 환경 속에서 그 구성원들과 인간적인 관계 형성, 그리고 진심을 담아 대화하며 우리 도훈이에게도 조금이나마 배려와 관심을 갖게끔 노력했다. 지금껏 만난 모든 선생님들이 머릿속을 스쳐 지나간다.

발달장애 가정 중에선 악마 같은 선생님을 만나 호되게 당했다고 이야기하는 부모님들도 있다. 아이의 발전을 위해 물리적인 힘으로 아이를 다스리고 개선시키는 선생님들도 계시다. 어느 관점에서는 아이를 호되게 혼내며 다스렸기에 발전을 했을 수도 있고, 다른 관점에서는 혼만 나다가 끝나는 경우도 있었을 것이다. 두 관점 모두 이해되지만, 중요한 것은 그런 지도 방식을 부모가 허용하고 이해하여 아이가 발전하여 모두가 만족을 했는지가 핵심이다.

우리는 아직까지 강압적인 방식의 교육을 시도해 본 적은 없다. 도훈이가 어떻게 느꼈는지는 다 알 수는 없지만 수업으로 도훈이가 즐겁고 행복해하는 것을 우선으로 생각했다. 그리고 새로운 수업을 진행할 때, 도훈이가 몇 번의 수정과 노력을 통해 개선되었기에 굳이 강한 수업 방식을 선택할 이유가 없었다. 과연 다른 방법을 선택했다면, 도훈이가 지금보다 훨씬 더 발전했을까? 그건 장담할 순 없겠지만, 아이가 정서적으로는 많은 불안감을 갖게 되었다면, 퇴행이 진행되지 않았을까도 생각한다.

도훈이의 발전이 더디지만, 아직까진 퇴행이 오진 않았다. 다소 정체된 적도 있지만, 하루가 다르게 도훈이는 조금씩 전진하고 있다. 말을 하고, 글을 쓰고, 그림을 그리고, 놀이를 하는 모든 것이 지금껏 만난 좋은 선생님들과 친구들, 그리고 든든한 버팀목인 우리 가족들이 함께했기에 가능했다. 그리고 학교란 커다란 울타리를 통해 친구들을 비롯한 새로운 만남이 이어지고 있다.

Hestory; 연도별 변천사

🕐 **연도별 도훈이 수업 스케줄** 2015년 ~ 2019년

- 2012년 9월 : 쌍둥이 탄생

- 2013년 9월 : 돌잔치

- 2014년 3월 : 생후 18개월 – 가양어린이집 등원

- 2015년 9월 : 만 3세

  병원 검사 및 발달장애 진단(생후 36개월)

- 2015년 9월 : 특수치료 시작

  지역발달센터(인지, 감통 / 주 2회), 은평병원(언어 / 주 1회),

  홈티(방문) 언어 수업(주 1회 / 2년)

- 2016년 3월 : 가양어린이집(통합) / 은평병원 낮병원(주 4회 / 1년)

- 2016년 9월 : 푸르메 병원 감통수업(주 1회)

- 2016년 12월 : 장애인 등록증 발급

- 2017년 3월 : 충암유치원(통합) / 은평병원(음악 / 주 1회)

  푸르메병원 (작업치료 / 주 1회), 홈티(미술 / 주1회)

  지역발달센터 (언어 / 인지 주 2회)

- 2018년 9월 : 충암유치원(통합) / 은평병원 발달지원 만5세

  집단치료 & 학교 준비반 (주 2회)

  푸르메병원(작업치료 / 주1회), 홈티(미술 / 주1회)

  이대 음악수업(주 1회) / 태권도 / 구몬학습

- 2019년 3월 : 연은초등학교(통합) / 학교 방과 후 프로그램 (주 2회)

  은평병원 학교 적응반(주 2회) / 이대 언어 및 음악치료(주 3회)

  명지대 미술치료 (주 1회) / 태권도(주 5회) / 수영(주 4회)

  구몬학습 (주 1회 / 한글, 수학) / 개별언어치료(주 2회)

🕐 연도별 도훈이 발달 정도 2015년 ~ 2019년

　*부모의 주관적 관점에서 발달 및 행동변화 메모

- 2012년 9월 17일 : 쌍둥이 탄생
- 2012년 9월 ~ 10월 : 신생아 중환자실 입원(노로 바이러스)
- 2012년 10월 ~ 2013년 1월 : 엄마, 할머니 양육
- 2013년 1월 : 모유 중단 / 엄마 출산휴가 종료 - 출근
- 2013년 4월 : 기어 다니기 시작
- 2013년 9월 : 겨우 잡고 일어서기 (돌잔치) / 만 12개월

  옹알이 수준의 언어 표현, 눈 마주침은 많지는 않았음.

  호응에 반응하며 특정 사물에 대한 흥미가 높았음.

＊ 돌잔치 때까지만 해도 전혀 자폐 성향 징후 발견하지 못하고, 듬직
하고 순한 아이라고만 생각하였음.

• 2014년 3월 : 막 걷기 시작하며, 머리 및 팔등 온통 상처가 많
이 났음
눈 맞춤 적음, 혼자 놀기 시작하고 누워 놀기 좋아함
바퀴 달린 장난감에 호감 증대, 사과 및 야쿠르트 집착 보임
가양어린이집 입학(보육기관) / 만 16개월

• 2014년 9월 : 언어표현 안 됨(혼자만의 옹알이 같은 표현함)
좋아하는 음식만 단어적 언어 표현(까까, 사과 등 옹알이 수준)
보호자 팔을 끌어다가 욕구 충족(크레인 증상 나타남)
언어적 표현 부족으로 떼쓰고 울기 시작함(울기, 발 쿵쿵 등)
혼자 놀기 심해지며, 소통표현 현저히 적어짐 / 만 24개월
＊ 만 24개월 차부터 자폐 성향이 나타났지만, 주변 만류로 검사는 하
지 않음

• 2015년 9월 : 서울 내 3곳의 병원 검사를 통한 자폐성 발달장애
진단 확인
떼쓰기 심해지며, 자해행동 나타남(머리 박기)
엘리베이터 및 에스컬레이터 등 기계적 이동 기계에 집착
특정 음식에 대한 집착 및 편식 심해짐

혼자 노는 시간 늘어남, 어린이집에서 원을 옮길 것을 권장받음

사회적 활동 결여, 친구들과 함께 못 어울림

소근육 운동 능력 부족(공 잡기, 공차기 및 젓가락질 어려움)

양손 협응 및 시지각 일치 능력 떨어짐(한 손으로만 하려 함)

호명에 대답하지 않고, 가족 간 대처 방법에 다툼이 늘어남

진단 확정 후 특수 언어 홈티 수업 시행 / 만 36개월

• 2016년 3월 : 모방행동 조금씩 나타남 / 언어 및 특수교육 시행에 따른 발전

은평병원 낮병원, 어린이집 외 주 5회 이상 특수교육 수업 진행

자동차 탑승 거부 심해짐(이동수단에 대한 심한 거부 반응)

엘리베이터에 대한 심각한 집착(혼자서는 타지 못하지만 관찰)

화나면 통제 불능 상태 심해짐(머리 박기, 울기 등 발악 수준)

젓가락질 못함, 두발 점프 못함(소근육 / 대근육 운동 떨어짐)

달릴 때 정방향이 아닌 살짝 좌우로 치우쳐 달림 / 만 42개월

＊ 도훈이의 자폐 성향이 가장 심했던 때이며, 아이를 데리고 밖을 나가는 것이 두려웠던 시기. 엘리베이터가 있는 동선을 피하면서 조급한 마음만 있던 시절

• 2016년 12월 : 간단한 언어 발화 시작되며, 필요한건 간헐적

언어적 표현됨(엄마, 아빠, 사과 등 상대방도 알아들을 수준으로 발전)

좋아하는 노래를 허밍 수준으로 흥얼거리기 시작함

자동차 탑승 거부 소거, 여전히 대형버스 탑승 어려워함

엘리베이터 및 야쿠르트 집착 높음

두 발 점프 가능, 한 발 점프 시키면 넘어짐

지시 이행에 대한 언어적 표현을 이해는 하나 실행은 부족함

호명 시 반응하고, 상황에 따라 대답 및 눈 마주침이 시작됨

잘 못하는 건 안 하려는 행동 나타남(쑥스러움 늘어남)

자폐성 발달장애 2급 진단 확정 판정 / 만 51개월

• 2017년 3월 : 충암유치원 입학 / 엄마와 함께 등·하원 시작

상대방의 언어 알아듣고, 부족하지만 지시 이행 시작함

양손 협응에 대하여 조금씩 이해함

버스 및 지하철 등 대형 교통수단 탑승 적응(부모와 연습 결과)

장난감을 통한 인지활동 향상(캐릭터 이름 및 기능 등 인지)

자기 이름 및 동생(김도연) 이름 읽음(쓸 줄은 모름)

연필을 잡기는 하나, 소근육 발달 부족으로 선긋기 정도 가능

사진/그림카드로 사물 및 인물 인지(가족, 음식, 친구 등 발화)

숫자 1부터 10까지 읽으며, 음율적 리듬감 좋아짐

의자 착석 30분 이상 가능으로 다양한 수업 참여 가능

유치원 정규수업 외 주 6회 특수수업 받음 / 만 54개월

감통수업, 언어수업, 음악치료, 미술치료, 축구 등

• 2018년 3월 : 익숙한 친구 이름은 읽기 시작함

자기 이름 읽고 씀(연필 잡기가 여전히 부족함)

시지각 반응이 높아지며, 인지능력 향상됨

양손 사용에 대한 인식 높아짐

눈 마주침, 모방행동 늘어남(친구들 놀이 관찰 후 모방함)

좋아하는 장난감 및 사물에 대한 호불호 표현 시작

자기 물건에 대한 애착감 생김(간수 능력에 대한 인지)

엘리베이터, 에스컬레이터, 기차 등 여전히 지나치기 어려움

바깥 놀이 시 동선 및 계획을 사전공지 철저(상호 약속 강화)

의자 착석 1시간 가능(학교 적응을 위한 준비)

유치원 수업 외 주 5회 특수수업 받음 / 만 66개월

• 2018년 9월 : 숫자 100까지 읽고 쓰기 시작함

하고 싶은 것 말로 먼저 표현함(선 보고 후 바로 행동함)

도연이 장난감에 대한 애착 높아짐(공주 캐릭터 / 핑크 집착)

핸드폰 조작능력 높아지며, 혼자 웬만한 어플 게임 진행

엄마/아빠/집 주소 암기함

무서운 사람에 대한 인식 강화(경비 아저씨, 아랫집 할머니 등)

엘리베이터에 대한 집착 줄어들었으나, 여전히 가장 좋아함

태권도, 구몬 학습 등 일반 학습프로그램 진행

네발자전거 탑승으로 좌우균형 운동 좋아짐 / 만 72개월

• 2019년 3월 : 서울 연은 초등학교 입학(일반/통합학급)

먼저 자기 의견 제시하고, 행동함

혼자 엘리베이터 타기 시작함

학교 혼자 등교 시작(등교 한 달 만에 혼자 등교)

줄넘기 세 개 연속 넘기 가능(두 발 뛰기 리듬감 부족)

핸드폰 어플게임 및 TV 리모컨 조작으로 스스로 만화 시청

태권도, 자전거, 수영 등 체육활동 강화로 이상 행동 대거 소거

음악, 미술치료 등으로 창의적 행동 및 자신감 향상

은평병원 학교 준비반 수업 등 매일 주 5회 특수교육 받음

친구들로부터 많은 도움을 받으며 학교생활 적응 중 / ~ 현재

📷 도훈이 성장 사진

2012.10 **쌍둥이 생후 1개월 시절**
왼쪽이 도훈이, 오른쪽이 도연이

2013.3 **데칼코마니 아빠와 아들**
왼쪽이 남편, 오른쪽이 도훈이

2013.5 **할머니 화투놀이 구경**
의젓하게 할머니 화투 구경

2013.8 로이 또이네 1주년 사진
돌잔치 화보컷 가족사진

2013.9 돌잔치 가족사진
로이 또이 돌잔치 사진

2014.4 **엄마와 행복한 나들이**
엄마와 함께한 쌍둥이 봄나들이

2014.11 **마빡의 훈장**
넘어져서 이마에 혹이 나서 우는 도훈이

2014.8 **붕대 감은 도훈이**
손에 화상 입고 아파하던 시절

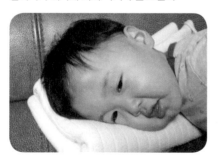

2015.10 **가양어린이집 체육대회**
어린이집 체육대회에 지친 도훈이

2015.11 **은평병원 작업치료**
은평병원 낮병원 치료수업 모습

2018.9 충암유치원 생일잔치

2018.10 충암유치원 운동회
엄마 선생님과 함께한 운동회

2018.12 **신나는 충암 음악회**
핸드벨 연주에 신이 난 김도훈

2019.2 **충암유치원 졸업사진**
학사모에 한껏 포즈한 도훈이

• 유치원 담임 선생님 의견서

학생명	생년월일		학년반
김도훈	2012년 9월		백합반
주소		**전화번호**	
서울시 은평구 응암동		010-4147-0000	
특수교육대상자 선정 장애유형 (해당란에 O표)				
시각	자폐성	청각	정서행동	지적
	O			
학습	지체	의사소통	발달지체	건강장애
복지카드			
장애명	장애등급	발급기관	등록연월일
자폐성발달장애	2급	강서구청장	2017.1.3.

현재의 장애상태 : 특수학급이 없는 일반유치원에서 완전통합으로 생활하고 있습니다. 기본생활습관, 일과이해하고 순서에 따라 장소이동 등 수행하기, 수업시간에 착석하기 등이 가능하여 수업에 큰 지장 없이 함께 생활하고 있습니다.

신체기능 운동능력 : 현저하게 신체적으로 발달이 늦어 수업 참여에 어려움이 있지 않습니다. 단, 소근육 발달면에서 연필 바르게 잡기, 힘주어 글자 쓰기, 작은 물건 손가락을 사용하여 집기 등 연습이 필요합니다.

학습수행 능력 : 30분 이상 착석이 가능하나 학습내용을 100% 이해하는 지 확인은 불가할 때가 많습니다. 그러나 수업 참여를 거부하거나 힘들어 하는 경우는 거의 없으며, 참여하려는 의지를 보이고 즐겁게 모방하거나 관찰하거나 참여합니다.

사회생활 적응능력 (교우 및 대인관계) : 상동행동이나 폭력성이 없고, 얼굴 표정이 밝고 귀여운 외모로 같은 반 친구들에게 인기가 많은 편입니다. 친구가 다가오는 것에 대한 거부감은 없으며, 친구들의 놀이를 관찰하고 모방하는 모습을 보이기도 합니다. 단, 스스로 친구에게 놀이를 권하거나 구조화된 놀이에 참여 룰을 정확히 이해하고 참여하여 놀이하는 것에는 다소 어려움이 있습니다.

종합소견 : 말로 표현을 많이 하지는 않지만 친구들의 놀이를 관찰하고 모방하며 놀이에 참여하는 것을 즐거워합니다. 도훈이와 1학기 이상 생활하며 느낀 것은 교사의 기본 마음가짐이 반 아이들의 마음과 도훈이의 마음에 가장 큰 영향을 미친다는 것을 느꼈습니다.
저의 바람은 특수학급으로 분류되어 교육되는 것보다는 자폐성발달장애 아이를 완전통합해 본 경험이 있고 완전통합에 긍정적인 마인드를 가진 담임 선생님을 만나 일반학급 아이들과 완전통합으로 생활하는 것이 현재 도훈이의 발달에 가장 큰 도움이 될 것이라고 생각되며 꼭 부탁드리고 싶습니다.

2018년 9월 28일   담당자 : 백합반 담임교사

• 보호자 의견서

학생명	생년월일	보호자명
김도훈	2012년 9월	김윤정 (학생의 母)

주소	소속
서울시 은평구 응암동	충암유치원

특수교육대상자 선정 장애유형 (해당란에 O표)				
시각	자폐성	청각	정서행동	지적
	O			
학습	지체	의사소통	발달지체	건강장애

복지카드			
장애명	장애등급	발급기관	등록연월일
자폐성발달장애	2급	강서구청장	2017.1.3.

특수교육대상자 선정여부 (해당란에 O표)	
기 선정된 특수교육대상자 (O)	신규 특수교육대상자 선정 신청자 ( )

발육 및 건강상태 : 신체적으로 건강상의 문제는 전혀 없습니다. 단, 소근육발달이 미흡하여 연습이 필요합니다.

신체기능 운동능력 : 보조기구 사용은 전혀 필요하지 않습니다. 현재 특수학급이 없는 유치원에서 별도의 보조인력 없이 일반과정 아이들과 완전통합으로 큰 사고 없이 생활하고 있습니다.

학습수행 능력 : 수세기는 가능하나 수의 양에 대한 개념은 어렵습니다.

자기 이름이나 주변 글자는 읽을 수 있으나 그 외는 어렵습니다. 학교 가기 전에 한글 읽고 쓰기가 어느정도 가능하도록 목표를 두고 연습하고 있습니다.

사회생활 적응능력 및 행동특성 : 대소변에 대한 신호는 말로 표현할 수 있고 혼자 화장실을 찾아 처리할 수는 있으나 대변 시 뒤처리는 스스로 하기 어렵습니다. 학교 입학 전까지 목표로 두고 연습하고 있습니다. 반 친구들의 활동을 관찰하고 친구들과 함께 있는 것을 즐거워합니다. 단 처음보는 아이들과 어울리는 것을 부담스러워 하며 시간이 많이 소요됩니다. 상동행동이나 유치원 생활 안에서 특별하게 튀는 행동도 거의 없습니다.
매우 온순한 편이고 긍정적인 마음을 가지고 있어 유치원에서는 거의 웃는 모습이며, 친구들을 때리는 등 폭력적인 행동은 없습니다.
가끔 친구들에게 "안녕하세요?"라고 인사하거나 "네"라고 대답하는 경우가 있으나 매번 보이는 현상이 아니라서 언어표현 미숙함 또는 본인만의 유머로 인한 일인 듯합니다. 집단에 적응을 하면 함께 호흡하고 지내는 것을 매우 즐거워합니다.

보호자 종합의견 : 만 3세에는 은평병원 발달센터 낮병동에서 교육을 받았으며 발달센터에서 통합교육을 추천하여 만 4세부터는 특수학급이 없는 일반유치원에서 생활하였습니다. 발달센터에서의 교육이 기초가 되어 일반유치원에서 매우 즐겁게 생활하고 있으며 더 많은 성장과 발전을 거듭하고 있습니다. 통합교육의 순기능을 몸소 체험하였습니다. 바람이 있다면 통합교육에 뜻이 있으신 담임 선생님을 만나 1학년 때에는 완전통합을 신청하고 싶습니다. 감사합니다.

2018년 9월 28일   보호자 성명 : 김윤정

• **유튜브 채널명 : '도훈아 학교가자' / '가양동 쌍둥이'**

새우깡 전쟁
2013년

발 피아노 대가들
2014년

우리집 키즈카페
2014년

아빠와의 등산
2015년

언어수업 첫걸음
2016년

할머니와 한글공부
2016년

빨래 도우미들
2017년

궁산 체력훈련
2017년

뽀로로 노래방
2017년

양손 협응 테니스
2018년

엄마 선생님과 한글공부
2018년

연은초 입학 자기소개서
2019년

수영하는 도훈이
2019년

줄넘기는 어려워요
2019년

두발자전거 도전기
2019년

우리 집 도서관
2019년

나도 이기고 싶어요
2019년

쌍둥이 구몬 대결
2019년

도훈아, 중학교도 함께 가즈아!

1학년이 되어 학교에 입학하여 혼자 학교를 등교하고, 하교하기까지 수개월은 가슴을 졸이며 도훈이를 지켜봤다. 나 스스로에 대한 불만으로 학교에 부당함을 표현하려 간 적도 있고, 궁금해서 몰래 염탐을 한 적도 있다. 오늘도 아침 일찍 일어나 콧노래를 부르고는 혼자 동네 한 바퀴 자전거를 타고 들어온 후 아침 식사를 마치고 엘리베이터 유키 목걸이와 키즈워치를 챙겨 스스로 학교에 등교한다. 정말 말도 못 하고, 부모 없이는 아무 곳도 갈 곳이 없을 것 같았던 도훈이가 행복하게 생활하고 있는 모습에 셀프 감동 중이다.

스무 명이 조금 넘는 같은 반 친구들과 오늘은 뭐 하고 놀았는지, 친구들 이름을 다 외웠는지가 여전히 궁금하다. 학교에서 배워 오는 학습 수준이 100% 도훈이에게 담길 수는 없지만, 완전통합교육을 통한 직간접 배움의 영역에 우리 가족 모두가 깜짝 놀랄 때가 많다. 특히 언어 구사능력에 대해 또래 친구들이 표현하는 단어나 문장을 뜬금없이 사용할 때 너무도 신통방통하다. 그간 수업을 통해 축적된 학습의 노력이 실전에서 활용되고 있는 모습이다. 그림 수준, 언어적 표현 등 눈 깜짝할 사이에 발전된 모습에 너무도 신기할 따름이다.

입학 후 매일 나와 함께 생활하고 있지만, 분명히 내 스스로에 우리 아들의 한계를 한정 짓지는 않는 것이 중요하다 판단했다. 이사한 동네에서도 좋은 이웃들을 만나 나도 아이들도 잘 적응하고, 우리 가족 모두 행복이란 표현을 서로의 입에서 오르내리곤 한다.

여전히 말도 서투르고 발음도 어눌하고, 행동도 올바르지 않을 때가 사실 더 많다. 친구들 무리에 끼지 못하고 맴돌고, 아무리 불러도 못 들은 척하고 도망가는 일은 예사이다. 담임 선생님께서 매우 긍정적으로 도훈이를 바라봐 주시지만 도훈이의 이상 행동에 대해 가끔 경고성 알림이 오는 것도 여전하고, 반 친구들한테 도훈이의 교내 생활을 물어보면 학교 엘리베이터 앞에서 오줌 마려운 똥강아지처럼 매달려 있는 일도 여전하다. 한 번에 개선될 수 없는 일들임을 알고 그 안에서 적응하고 이해시키는 것이 오늘도 우리가 살아가는 모습이다. 다행히도 주변인들이 이해해 주면서 우리 아이도 조금은 느리지만 차근히 그 무리 속으로 들어가려고 시도하는 걸 느낄 수 있다.

장애인 동료 상담가 교육을 받으면서, 선배 어머님들로부터 많은 조언을 받았다. 긍정적·부정적인 모든 요소를 들으면서 나는 남편과 끝장토론을 하며 도훈이와 도연이를 위한 우리의 역할에 대해 고민한다. 초등학교 내 수업 진도, 수업 이해 정도, 인지능력 및 교우 관계와 사춘기적 표현, 성적인 호기심에 대한 자세, 그리고 쌍둥이 여동생의 심리적 안정 지원 등 많은 조언을 들으며 엄마로서, 장애 아이를 키우는 대한민국 국민으로서 해야 할 일, 그리고 가야 할 길이 멀다는 걸 느낀다.

초등학교 입학에 맞춰 지난 8년의 기록을 정리해 본 지금, 더 많은 시간을 함께해야 하지만 중학교, 고등학교, 그리고 사회 속으로 걸어 나아가야 할 도훈이의 일상과 친구들과의 관계, 그리고 가족의 노력과 도훈이의 성장 모습을 또다시 기록해 보고자 한다. 남편도 도와주고, 나도 더욱 분발해서 궁극적으로 도훈이가 혼자 학교도 가고 극장에 가서 영화도 보고 쇼핑도 하고 여자 친구도 만나는 그러한 소소한 일상의 행복을 즐길 수 있도록 기도하고 준비할 것이다. 내가 그러했고, 우리 모두가 살고 있는 일상을 우리 아들도 누릴 수 있게 도와주고 싶다.

길고 긴 마라톤에서 이제 총성이 울린 후 가족 마라톤격인 5㎞ 정도를 달렸을까? 그간 많이 넘어지고도 했고, 잠시 쉬기도 했지만 멈추지 않고 여전히 도훈이는 최선을 다해 달리고 있다. 금메달이 목표가 아닌 완주를 목표로 오늘도 즐거운 마음으로 아침을 시작한다.

오늘도 어제와 다른 또 하루가 시작되었다. 엄마로서 오늘도 나는 힘차게 시작한다. 유치원 교사로 낭랑했던 내 목소리는 집에서도 카랑카랑하게 오늘 아침을 외친다.

"도훈아, 학교 갈 준비 되었니?"

"도연 공주님, 또 지각하겠다! 오빠는 벌써 밥 먹고 학교 간다."

"도연 씨, 어서 일어나 이빨 닦고 세수하고 머리 묶자! 서두릅시다!"

"도훈아, 엄마랑 할머니한테 눈 보고 똑바로 예쁘게 인사하고!"

"가방 잘 메고 엘리베이터 앞에서 장난치지 말고! 알았지?"

"아들! 등교 준비 다 된 것 같은데?"

"그럼, 도훈아, 학교 가자!"

우리 부부는 도훈이의 일상, 행동, 습관과 치료 등을 메모하면서 글로 써 보면 어떨까 고민하였습니다. 일반통합 학급 초등학교 입학 후 도훈이가 즐겁게 초등학교에 적응하며 등교하는 모습을 보고 책을 쓰기로 마음먹었습니다. '과연 이런 내용을 누가 봐 줄까?'라는 걱정을 갖고 시작한 글은 도훈이를 키우면서 만난 소중한 인연들 덕분에 책으로 만들어질 수 있었다고 생각합니다. 여전히 독자층이 너무 적지 않을까, 한편으로는 장애를 갖고 있는 아이가 무슨 자랑인 것처럼 책으로 홍보하는 건 아닌지 조금은 불편과 걱정을 갖고 있는 것도 사실입니다.

이제 겨우 초등학교 입학한 아이를 키운 초년생 학부모지만, 우리보다 더 경험 많은 장애 자녀를 키우는 부모님들이나 의학적·전문적으로 치료와 교육을 해 주는 선생님들은 해당 글을 보고 어떻게 생각하실까 하는 염려도 있습니다. 마치 초등학교 입학이 우리 아이의 모든 목표를 달성한 것처럼 보이진 않을지, 아직 경험해 보지 못한 사춘기, 성인기 성장통은 어떻게 받아들여야 하는지 등 여전히 우리 가족에겐 가야 할 길이 먼 게 사실입니다.

본문에서도 말씀드린 바와 같이 절대 전문 도서가 아닙니다. 발달장애 아이를 키운 일상, 가정에서 노력을 통해 할 수 있는 모습들을 담은 이야기로서 의학적 근거나 전문적 지식이 필요하신 분들은 꼭 병원 의사 선생님과 치료 상담사님들께 추가로 조언을 받으시길 권장합니다. 발달장애를 키우는 아이들은 너무도 많은 다른 패턴과 증상으로 아직은 종합 감기약처럼 처방받을 수 있는 처방전이 부족하기 때문입니다.

책을 집필하며, 발달장애 가족들과 함께할 수 있는 일이 있다면 하고 싶은 일들이 생겼습니다. 이를 계기로 조금은 더 낮은 곳에 관심을 갖으며 도훈이와 함께 씩씩하게 세상을 살아갈 원동력을 갖게 된 것 같습니다. 비록 지금은 다소 힘들지만, 조금만 참다 보면 그 힘듦이 어느새 행복으로 돌아올 것입니다. 그런 굳은 의지로 함께 서로 손 내밀고 함께할 수 있기를 기대합니다.

마지막으로 글을 마무리하면서 감사할 분들이 너무 많습니다. 항상 우리 가족을 보살펴 주시는 신복남 여사님과 사랑하는 태권 1품 소녀 도연이, 도훈이 뒷바라지와 나의 정신건강의 기틀을 마련해 주시며 늘 함께해 주신 친정부모님, 그리고 서진네, 동현

네, 민준네 가족. 도훈이를 한결같이 사랑해 주신 가양어린이집, 푸르메 병원, 마곡 한국아동발달센터 선생님들. 도훈, 도연 남매가 초등학교 적응에 배려해주신 연은초 1학년 5반 목양숙 담임 선생님, 최미경 교장 선생님, 주현준 교감 선생님, 박효정 선생님, 박혜정 특수학급 담임 선생님, 새로운 동네에서 우리 가족이 적응할 수 있게 도와준 힐스 7남매 가족들께 감사드립니다. 도훈이에게 늘 마음을 다해 응원해 주신 충암유치원 이신아 실장님과 이희정 원장님 이하 박진숙 선생님, 이재금 선생님, 김지영 선생님, 이경하 선생님, 그리고 책에 사랑과 정성이 더해진 예쁜 그림을 그려 주신 신수경 선생님. 그리고 도훈이의 학습능력을 물꼬를 터주신 예림 선생님, 신체활동에 용기를 준 특급 특수체육 쌤 송민기 선생님, 경희 스카이 태권도 관장님 이하 멋진 사범님들, 이화여대 안의정 박사님, 언어치료 쌤 최수영 선생님, 진단 후부터 지금까지 주치의로써 도훈이를 이끌어 주신 은평병원 오소영 소아정신건강 의학과장님, 남민 병원장님, 전예원 선생님, 이미현 선생님, 정춘화 선생님, 정서형 선생님, 송한내 선생님, 송은정 선생님, 김선은 선생님, 박은 선생님, 장은화 선생님. 유현지 선생님. 새로운 공부에 큰 동기와 용기를 북돋아 주신 이화여대 교육대학원 오인수교수님, 양수진교수님, 박철옥 교수님, 이은진 교수님. 남편 인생의 길잡이가 되어 주신 경희대 체육대학원 김도균 교수님, 김복민 선생님 그리고 글을 쓰는 데 기틀을 잡아 주신 박미영 작가님, 도영인, 박찬준 기자님, 류수희 선생님과 남편의 든든한 식구 김기복 회장님 이하 직장 동료 김용욱, 윤지희, 이제성 님, 마지막으로 한없이 부족한 글임에도 너그러운 마음으로 손을 내밀어 주신 책과나무 출판사 양 대표님께 감사의 인사로 이 글을 드립니다.